# Insel der Sturmpferde

## Eine Freundschaft aus Wind und Magie

**Eva Hierteis** studierte Germanistik, Anglistik, Pädagogik und Geografie und arbeitete danach viele Jahre als Lektorin in einem Kinder- und Jugendbuchverlag. Seit 2005 ist sie Autorin und hat seitdem zahlreiche Bücher veröffentlicht. Sie lebt mit ihrer Familie in Nürnberg.

**Bente Schlick** wuchs in einer kleinen Stadt in Schleswig-Holstein auf und zeichnet seit ihrer Kindheit. Nach dem Abschluss ihres Studiums in Illustrationsdesign machte sie sich bereits mit Anfang Zwanzig selbständig. Sie lebt und arbeitet seither als freiberufliche Illustratorin in ihrer Wahlheimat Hamburg. Ihre Kunden sind große nationale sowie internationale Verlage und Agenturen.

Eva Hierteis

# Insel der Sturmpferde

## Eine Freundschaft aus Wind und Magie

Mit Illustrationen von
Bente Schlick

CARLSEN

# Inhalt

# Schnell wie der Wind

Anila richtete sich auf dem Rücken ihres Pferdes auf und griff nach dem meerblauen Tuch in ihren Haaren. Einen Moment lang war es ganz still am Strand, als würde der Wind den Atem anhalten und darauf warten, was geschah. Nilla, wie alle sie nannten, zögerte kurz. Sollte sie es wirklich tun? Aber ihr bester Freund Tommo hatte heute keine Zeit für ein Wettrennen. Und sie musste schließlich trainieren. Es blieb ihr also nur der Wind.

Sie löste das Band und schon wogten ihr die dunklen Locken ums Gesicht. Um das Durcheinander perfekt zu machen, schüttelte sie den Kopf. Dann beugte sie sich vor, schlang die Arme um den Hals ihres Hengstes und drückte ihre Nase in sein Fell. Vor Aufregung pochte ihr Herz laut – genau wie das von Windtänzer. Sie spürte

seine Wärme, die Muskeln unter dem seidigen Fell, die Kraft, die nur darauf wartete, losgelassen zu werden.
„Bereit?“, flüsterte sie ihm ins Ohr und musste lachen, weil seine Mähne sie an der Nase kitzelte. Unter ihr scharrte der Hengst mit den Hufen und tänzelte.
In Nillas Hand tanzte das Tuch. Der Wind war zurückgekehrt und zupfte ungeduldig daran.
Ein letztes Mal sah Nilla sich um, ob auch sicher niemand da war. Ihr Blick wanderte über den Strand zu den schwarzen Klippen hinauf, auf denen sich niedrig gewachsene Drachenbäume im Wind bogen und ihre Äste zum Himmel streckten, als wollten sie sich an den Wolken festklammern.
Moment mal! Huschte da nicht ein Schatten hinter einen der Bäume? Manchmal hatte Nilla das Gefühl, beobachtet zu werden. York, ein Junge aus dem Dorf, ließ sie in letzter Zeit nicht aus den Augen. Offenbar hielt er sie für eine ernst zu nehmende Konkurrentin um den Sieg beim großen Rennen, das in ein paar Wochen stattfinden würde.
Erneut suchte Nilla mit ihrem Blick die Baumreihen ab. Sogar aufs Meer sah sie hinaus, von wo hohe Wellen heranrollten und sich an Felsbrocken im Wasser brachen.

Nein, keine Menschenseele weit und breit. Nur sie und ihr Pferd und die Möwen, die über ihnen kreischten. Sie schüttelte den Kopf über sich selbst. Das war sicher nur die Angst davor, ertappt zu werden.
Nilla nahm eine aufrechte Haltung ein. Windtänzer spitzte die Ohren und schnaubte. Ihr Hengst ging mit Nilla durch dick und dünn. Stark und verspielt und unbeugsam wie der Wind selbst war er. In dieser Hinsicht waren sie sich sehr ähnlich, das dunkle Mädchen und das helle Pferd. Windtänzer war der beste Freund, den Nilla sich vorstellen konnte. Er war schön und klug. Unvernünftig und dickköpfig. Und unverbrüchlich treu.
Auf Maolis, dieser windumtosten Insel fernab vom Rest der Welt, diesem Stück Vulkanland zwischen Wind und Wellen, waren Mensch und Pferd nicht nur beste Freunde, sie waren Seelengefährten und schon von Geburt an untrennbar miteinander verbunden. Hier hatte jeder Mensch sein Pferd und jedes Pferd seinen Menschen. Ohne Windtänzer fühlte Nilla sich nur halb. Alles war nur halb so schön. Sie hatte nur halb so viel Spaß und Freude und Energie.
„Dann los!“, rief Nilla und ließ das Tuch los.

Sofort riss der Wind es ihr aus der Hand und wirbelte es hoch hinauf. Einen Moment lang verharrte es dort und sie dachte schon, es würde gleich zu Boden segeln, doch dann trug eine Böe es über den Strand mit sich fort.

Ein sanfter Schenkeldruck, mehr war nicht nötig, damit Windtänzer lossprengte. In wildem Galopp jagte er hinter dem Tuch her, das mal höher, mal tiefer durch die Luft flatterte. Unter seinen Hufen stob feiner schwarzer Sand auf, der hier, unterhalb der Klippen, von Steinen und Felsbrocken durchsetzt war.

„Lauf! Lauf wie der Wind!", trieb Nilla ihr Pferd an. Windtänzer und sie wussten beide, dass sie das nicht tun sollten. Aber es machte einfach so viel Spaß. Nilla hatte das Gefühl, dass es dem Wind genauso ging. Hatte gerade noch ein dunkelblauer Schimmer in der Luft gelegen, so war die nächste Böe nun von einem fröhlichen Hellrosa. Dabei war es verboten, den Wind herauszufordern, den mächtigen Wolkenschieber, Regenbringer, den Gewittergroller und Flutenbeschwörer, der Leben und Vernichtung zugleich brachte. Er war unberechenbar wie ein aufbrausendes, launisches Kind, das mit seinen Kräften nicht umzugehen wusste. Deshalb gab es Menschen wie

Meister Jun, die ihn besänftigten, damit er keinen schlimmeren Schaden anrichtete.

Aber Nilla hatte sich noch nie vor dem Wind gefürchtet. Wenn er durch die Gassen des Dorfes heulte und pfiff, hatte sie das Gefühl, er singe ihr ein Lied. Ließ er die Fensterläden klappern und schabte mit den Ästen der Bäume an ihrem Haus, klang das für sie wie eine Aufforderung, hinauszukommen und mit ihm zu spielen. So wie heute. Und wenn er ihr durch die Haare fuhr, war es wie ein Streicheln – rau und liebevoll.

Gerade jetzt hatte er allerdings eine wild-violette Färbung angenommen und peitschte Nilla die Locken so ins Gesicht, dass sie kaum etwas erkennen konnte.

„Schneller, schneller!“, trieb sie Windtänzer an, doch eine Böe riss ihr die Worte von den Lippen.

Obwohl der silbergraue Hengst alles gab, wuchs der Abstand zu ihrem Haarband immer mehr. Nilla lehnte sich weiter vor. Sie spürte, wie Windtänzers Muskeln arbeiteten. Spürte die Gischt im Gesicht. Sie hörte das Trommeln der Hufe nicht mehr, hörte nur noch das Pochen ihres Herzens, Windtänzers Schnauben und den Wind, der in ihren Ohren rauschte. Es war, als würde sie abheben.

Am liebsten hätte sie die Arme ausgebreitet. Stattdessen hielt sie den Blick konzentriert nach vorne gerichtet, wo sich das Tuch in der Luft drehte und überschlug.

Vor ihnen tauchte eine Reihe großer schwarzer Felsbrocken auf, die von den Klippen abgebrochen

waren. Bei den kräftigen Regenfällen in der Nacht zuvor waren noch ein paar neue dazugekommen.
Das Haarband segelte hoch hinauf und darüber hinweg. „Nichts wie hinterher!“, rief Nilla und Windtänzer setzte zum Sprung an. Sie schmiegte sich eng an ihn und ging seine Bewegung mit. Dann hoben sie ab und sausten durch die Luft. Es fühlte sich nicht nur *an* wie Fliegen. Es *war* Fliegen! Und es war wunderschön. Nilla fühlte sich genauso leicht wie das Tuch, das knapp vor ihr durch die Luft flatterte. Kurz schloss sie die Augen und kam sich vor wie ein Vogel.
Als sie sie wieder öffnete, segelte das Tuch an ihrem Gesicht vorbei und sie streckte die Hand danach aus. Doch im nächsten Moment wirbelte es zur Seite und ihre Finger griffen ins Leere.
Erst als sie die Felsen schon weit hinter sich gelassen hatten, setzten Windtänzers Hufe wieder im Sand auf. Nilla fluchte unterdrückt. Wenn sie ihr Tuch nicht bald einfing, würde es aufs Meer hinausgetrieben und wäre weg. Schon kam das Ende der Perlenbucht in Sicht. Der Strand wurde schmaler und die Felswand zur Rechten rückte näher. Ein Grasbüschel, das sich an den nackten Stein klammerte, streifte ihr Bein. Die Klippen flachten

ein wenig ab und ein steil ansteigender Pfad schlängelte sich durch niedrige dornige Sträucher und Blumen, die auf kurzen Stängeln wogten, während das Meer unter ihnen zurückblieb. Nilla hatte keine andere Wahl, als das Tempo zu verlangsamen.

Plötzlich blieb das Tuch an Dornen hängen. Nilla lachte auf und wollte danach greifen, doch eine letzte kräftige Böe rauschte heran und das Tuch entglitt ihren Fingern und wirbelte aufs Meer hinaus.

Der Wind hatte einmal mehr den Sieg davongetragen.

„Mist, Mist, Pferdemist!“, fluchte Nilla. Nun musste sie ihrem Ziehvater erklären, wieso sie schon wieder ein Tuch verloren hatte. Wie das davor. Und das davor und das davor.

Aber toll war das Wettrennen trotzdem gewesen. Sie parierte Windtänzer durch und strich sich die Haare aus dem erhitzten Gesicht. Zwischen den Felsen, hüfthohen Drachenbäumen und Sträuchern ließ der Wind schlagartig nach und es wurde warm.

Der Hengst atmete genauso schwer wie sie. Anila wuschelte ihrem Pferd liebevoll durch die Mähne. „Das Rennen war Wahnsinn. Vor allem der Sprung! Und für Meister Jun lassen wir uns schon irgendeine Ausrede einfallen, oder?“ Mit gerunzelter Stirn sah sie nach Westen, wo die Sonne bereits tief hinter der schroffen Flanke des Vulkans stand. „Und zwar zackig“, murmelte sie. „Ich fürchte, es wird Zeit für uns, nach Hause zu gehen.“

Als habe er jedes Wort verstanden, setzte Windtänzer sich wieder in Bewegung und sie trabten einträchtig den Pfad hinauf, bis sie die Grasebene erreichten, auf der die Herde lebte. Hinter Büschen und Obstbäumen am Rande der Ebene konnte man am aufsteigenden Rauch bereits das Dorf erahnen.

Weit entfernten sich Mensch und Pferd nie voneinander – und auch nicht lang, aber Nilla fiel selbst die kurze Trennung über Nacht schwer. Genauso wie die, wenn Kaitlin ihr und den anderen Kindern Lesen, Schreiben, Rechnen und Heilkunde beibrachte. Sogar abends, wenn sich die Dorfbewohner ums Feuer versammelten und alte Geschichten und Legenden erzählt wurden, stahl Nilla sich manchmal für einen letzten Besuch bei Windtänzer davon, während alle anderen gebannt an Juns Lippen hingen.

Widerstrebend saß sie ab. Windtänzer neigte den Kopf und sie ließ ihre Stirn gegen seine sinken. Nillas und

Windtänzers Verbindung ging noch weiter als auf Maolis ohnehin üblich. Legte sie ihre Stirn an seine, sah sie Dinge, die in seinem Kopf vorgingen, Bilder, die er gesehen hatte. Nicht immer, aber oft.
Einmal hatte Nilla Tommo gefragt, ob das bei ihm und seinem Hengst Ikarus auch so sei, aber er hatte sie nur seltsam angesehen. Also hatte sie es fortan lieber für sich behalten. Es war Windtänzers und ihr Geheimnis.
Vor Nillas innerem Auge blitzten nun die Bilder ihres Rennens am Strand noch einmal auf. Das wirbelnde blaue Tuch. Die dunklen Felsen, die immer näher kamen.
Lange standen sie so zwischen all den anderen Pferden der Herde. Der Wind strich durch das hohe Gras und ließ es wogen wie Wasser.
Nilla streichelte Windtänzer über die Nüstern und er blies seinen warmen Atem auf ihre Hände. „Ich vermisse dich jetzt schon“, seufzte sie. Dann drehte sie sich um und ging.
Bei ein paar großen Steinen blieb sie noch einmal stehen und blickte zurück. Zwischen all den anderen Pferden schimmerte Windtänzers windfarbenes Fell in der Abendsonne wie flüssiges Silber und die Regentropfen,

die an den Grashalmen hingen, glitzerten dazu. Es zerriss ihr jedes Mal das Herz, ihn zurückzulassen. Am liebsten hätte sie ihn in ihre Hütte mitgenommen oder zumindest bis vor die Hütte. Doch Pferde gehörten nun mal nachts nicht ins Dorf. Sie brauchten Himmel und Wind und Weite und vor allem ihre Herde, deren enger Verband ihnen Sicherheit gab, wie Meister Jun ihr mehr als einmal erklärt hatte.
Kaum merklich hob sie die Hand. „Bis morgen, mein Wirbelwind!", flüsterte sie.
Und als hätte der Hengst sie gehört, hob er den Kopf und sah in ihre Richtung.

# Bei Nacht erwacht

Wie ein Rehkitz im hohen Gras lag das Dorf in eine Mulde geduckt. Über den Dächern der niedrigen Hütten stieg Rauch auf und der Wind trug Stimmen und den Duft von gebratenem Fisch und frisch gebackenem Brot heran. Nilla lief das Wasser im Mund zusammen. Schnell rannte sie die Dorfstraße entlang.

„Bin wieder da!", rief sie und sauste durch den Muschelvorhang in die Hütte, dass die Muscheln an den langen Schnüren nur so klimperten. „Hab ich vielleicht einen Hunger, ich könnte ein ganzes …" Sie verstummte. „Jun?"

Keine Antwort.

Erst jetzt fiel ihr auf, dass im Herd kein Feuer brannte. Nilla sah sich um. Von der Hauptkammer, in der sich ein einfacher Tisch mit vier Stühlen und einige an die

Wand genagelte Bretter als Regale befanden, ging nur eine einzige weitere Tür ab. Sie führte in einen Raum, der Hufschmiede und Studierzimmer zugleich war. Oft, wenn Anila schon auf ihrem Strohlager vor dem Herd lag, saß Jun dort drüben im Schein der Kerzen oder der letzten Glut aus der Esse. Er legte dann ein breites Brett über den Amboss und las in Schriftrollen und schweren Büchern mit vergilbten, sich wellenden Seiten.

Doch auch dort war niemand. Nur noch ein dünner Rauchfaden ringelte sich zur Decke hoch. Juns rußgeschwärzte Lederschürze hing an ihrem Haken, daneben die neuere von Tommo, die noch nicht ganz so dreckig war. Seit einem halben Jahr ging er bei Jun in die Lehre und der Meister brachte ihm alles über die Kunst des Hufebeschlagens bei – und bisweilen auch mehr als das. Denn Jun war weit mehr als ein Hufschmied.

Auf Maolis hatten alle Menschen einen ganz besonderen Bezug zu Pferden, doch Jun hatte nicht nur zu seinem eigenen Seelenpferd eine unglaublich enge Verbindung, sondern zu allen. Er beschlug sie oder kontrollierte und pflegte ihre Hufe, sofern sie barhuf gingen. Er versorgte sie, wenn sie krank oder verletzt waren, und sie ließen ihn gewähren, wenn er ihnen lange und intensiv in die

Augen sah, um darin zu lesen, woran es ihnen fehlte. Nie bissen sie ihn weg, wenn er ihnen seine Hände auflegte, selbst wenn es ihnen Schmerzen bereitete. Sie wussten instinktiv, dass er besondere Kräfte hatte, wie sie nur ganz wenigen gegeben waren. Das spürten die Pferde, das spürten die Menschen, das spürte selbst der Wind und ließ sich ein wenig von ihm bezaubern und bezähmen, wenn Meister Jun als Windfütterer Blüten auf Fensterbretter streute und Schüsseln mit Milch, feinem weißem Mehl und goldgelben Getreidekörnern aufstellte. Zur Zeit der Herbststürme erklomm Jun sogar manchmal den Dachfirst ihrer Hütte, um dem Wind dort die Gaben der Dörfler darzubringen, und der Wind nahm alles mit sich fort und klang gleich etwas friedlicher.

Ob der Meister irgendwo draußen war?, fragte sich Nilla. Vielleicht auf dem Dach? Sie machte kehrt und band sich im Gehen ein neues Tuch ins Haar.

Sie rief ums Haus.

Sie lief ums Haus.

Kein Jun.

Dafür hörte sie Tommos Mutter in der Nachbarhütte mit Geschirr klappern. Wie so oft stand die Tür offen.

Elanor wirbelte umher, dass ihre langen Röcke flogen. Während ihr Jüngster, der kleine Theo, zu ihren Füßen mit Holzpferdchen spielte, rührte sie gleichzeitig in einem großen Kessel über dem Herd und wendete einen dünnen Brotfladen, indem sie die Pfanne ruckartig nach oben bewegte. Der Brotfladen drehte sich einmal in der Luft und landete wieder sicher. Elanor kochte gern mit großer Geste. Es machte Spaß, ihr zuzusehen, wie sie zwischen den Töpfen und Pfannen wirbelte – weit mehr Spaß, als die Sachen hinterher zu essen. Ganz anders verhielt es sich bei Jun. Er machte kein großes Aufheben, kannte jedoch die zartesten Wurzeln und die schmackhaftesten Kräuter und zu fast jeder Mahlzeit gab es frisches Brot, dessen Reste sie am Schluss in Honig tunkten.
„Nilla, mein Muckelchen, komm rein“, rief Elanor ihr zu und winkte sie heran. Sie nannte alle ihre Kinder so. Und Nilla. „Hunger?“ Mit der freien Hand hielt sie eine Suppenschüssel hoch. Ohne eine Antwort abzuwarten, stellte sie sie mit Schwung auf den Tisch. Es folgten scheppernd ein Becher und ein Muschellöffel und zuletzt beförderte sie mit einem gezielten Fußtritt einen weiteren Schemel an den Tisch. Dann zog sie Nilla in eine

Umarmung, hüllte sie mit ihren langen roten Haaren ein und drückte sie so fest und ausführlich, bis Nilla kaum noch Luft bekam und ein verbrannter Geruch den Raum erfüllte.

Nilla befreite sich lachend und wuschelte Theo über den Kopf. „Wo ist Jun?“, fragte sie.

Elanor zuckte mit den Schultern und nahm das Brot aus der Pfanne. An den Rändern war es schon ganz schwarz.

„Und Tommo?“, fragte Nilla weiter

Statt einer Antwort drückte ihr Elanor einen Krug in die Hand.

Also machte Nilla sich zum Wasserholen auf. Aus den Hütten, an denen sie vorbeikam, drang das Klappern von Tellern und fröhliches Schwatzen – aus manchen auch Schmatzen.

Schon von Weitem sah sie Tommos feuerroten Schopf leuchten. Er schleppte Felsbrocken heran, um den Damm zu verstärken, mit dem die Dörfler den Bach aufgestaut hatten. Mit etwas kleineren Steinen in den Händen hopsten seine jüngeren Geschwister, die Zwillinge, hinter ihm her. Sie waren ebenso sommersprossig und rothaarig wie er. Nilla musste lächeln. Wenn sie Tommo sah, bekam sie immer gute Laune.

„He, Nilla!“, rief er ihr entgegen, als er sie entdeckte, und ließ den Brocken in den Bach plumpsen, dass es nur so spritzte. Simo und Salu warfen ihre Steine daraufhin auch in hohem Bogen ins Wasser und begannen sofort eine Wasserschlacht.

„Na, wo warst du so?“, fragte Tommo und fügte mit einem Zwinkern noch „mein Muckelchen“ hinzu.

Nilla streckte ihm die Zunge heraus. „Selber Muckelchen. Außerdem ist die Frage ja wohl eher, wo Jun ist.“ Dort, wo der Bach in den Teich floss, sprang sie über ein paar flache Steine ins Bachbett und beugte sich mit dem Krug tief übers Wasser, damit Tommo ihr Gesicht nicht sehen konnte.

Tommo grinste. Er konnte sich schon denken, was sie getrieben hatte. Er kannte sie gut. Sehr gut. Doch er sagte nichts weiter dazu. „Keine Ahnung, wo Jun ist“, meinte er. „Du kennst ihn ja. Er hat mir nicht gesagt, wo er hinwollte.“

Nilla wusste, was er meinte. Ihr Ziehvater hatte seine ganz eigene Art. Er war kein Mann vieler Worte und hielt sich nie mit langen Erklärungen auf, sondern sagte immer, sie sollte selbst ihren Kopf einschalten.

„Und mitgenommen hat er mich natürlich auch nicht,

sondern hier zum Schuften verdonnert", jammerte Tommo gespielt, legte sich eine Hand auf den Rücken und tat, als könne er kaum noch laufen.
Nilla hievte den Krug aus dem Wasser und balancierte behutsam über die glitschigen Steine zum Ufer zurück.
„Du Ärmster", sagte sie trocken. „Übrigens, es gibt Essen."
Das ließen sich Simo und Salu nicht zweimal sagen. Sofort beendeten sie ihre Wasserschlacht und rannten nach Hause. Auch Tommo hatte es auf einmal sehr eilig, sodass Nilla mit dem schweren Krug auf der Schulter kaum hinterherkam.

Beim Essen schaufelten alle gierig in sich hinein. Tommo und seine Geschwister, weil sie versalzenes, zu scharfes oder angeschmortes Essen nun mal gewohnt waren, und Nilla, weil sie sich nichts anmerken lassen wollte.
Wie immer plapperten Salu und Simo ununterbrochen. Sie kippten Becher um, schmatzten lautstark und zappelten so lange herum, bis Salu vom Schemel fiel und Elanor ein Machtwort sprach. Nur Nilla war heute schweigsam. Sie rollte kleine Brotkugeln für Theo, der auf ihrem Schoß saß, behielt dabei aber die Straße und

ihre Hütte im Auge. Doch selbst nachdem sie gemeinsam mit Tommo geholfen hatte, die verschmierten Gesichter der Kleinen zu waschen, und sie unter lautem Protest ins Bett gebracht hatte, war Jun noch immer nicht zurückgekehrt.

Als Nilla sich verabschieden wollte, hängten sich Simo und Salu an ihre Arme, bis sie nachgab und ihnen noch eine Geschichte mit jeder Menge fliegender Pferde, Drachen und Hexen erzählte. Und als sie sie dann immer noch nicht gehen lassen wollten, musste Elanor ein bisschen schimpfen und ganz streng „Schluss jetzt, meine Muckelchen“ sagen.

Nilla beschloss, noch eine Runde durchs Dorf zu drehen. Sie lief durch die Gassen, die für die Pferde besonders breit angelegt und nicht gepflastert waren, vorbei an der Schenke und am Dorfplatz, über den sich eine gewaltige Platane spannte wie ein Dach. Die Gemüsegärten hinter den Hütten waren zum Schutz vor gierigen Pferdemäulern und schweren Hufen mit hohen Holzzäunen oder Steinmauern eingehegt. Dafür standen überall am Wegesrand Apfelbäume, an denen die Pferde sich nach Herzenslust satt fressen durften.

„Habt ihr eine Ahnung, wo Meister Jun ist?“, fragte

Nilla die Bäckerin, den Korbmacher, den Töpfer und die Schusterin, doch alle verneinten. Nicht einmal Kaitlin, ihre Lehrerin, mit der Jun oft die Köpfe zusammensteckte, hatte etwas von ihm gehört. Jeder steckte ihr allerdings etwas zu essen zu – hier eine Scheibe Brot, dort ein Fleischspießchen, hier eine Handvoll Nüsse, dort in Honig getunkte Blüten. Nilla nahm es dankbar an – richtig satt gegessen hatte sie sich bei Elanor nicht.

Als Nilla schließlich die Suche aufgab und in ihre Hütte zurückkehrte, hatte sie das Gefühl zu platzen. Sie verzichtete auf eine Wäsche und ließ sich auf ihr Nachtlager vor dem kalten Herd plumpsen.

Das Wettrennen und das viele Essen hatten sie müde gemacht, doch ihr fehlten das Rascheln des Papiers und Juns Murmeln aus der Schmiede. Ohne den Lichtstreifen, der immer unter der Tür hindurchfiel, war es stockdunkel und auch durch die Fensterläden drang nicht das kleinste bisschen Mondlicht, weil sich Wolken wie eine Decke über den gesamten Himmel gelegt hatten.

Ja, Jun hatte seine eigene Art. Und er hielt viel davon, dass Nilla ihre eigenen Wege fand. Aber noch nie hatte

er sie über Nacht allein gelassen, ohne nicht wenigstens Elanor oder Kaitlin Bescheid zu sagen.
Mit der Zeit verebbten die Geräusche des Dorfes. Dafür hörte Nilla jedes Ächzen, jedes Knacken und Knirschen der alten Hütte umso lauter. Eine Gänsehaut kroch ihr die Arme hinauf und sie zog sich die Decke bis zu den Ohren hoch.
Wie gerne hätte sie jetzt Windtänzer bei sich gehabt! Sie steckte die Nase in ihre Armbeuge und es war ein bisschen, als würde sie sie in sein Fell stecken, denn ihr Ärmel roch nach ihm – wild und tröstlich zugleich. Plötzlich fühlte Nilla sich wieder ganz klein und ihr kam das Schlaflied in den Sinn, das ihr Jun früher immer vorgesungen hatte. Ihre richtigen Eltern waren vermutlich in einer Sturmnacht ums Leben gekommen, als Nilla noch ein Säugling und Windtänzer ein langbeiniges Fohlen gewesen war. Jun hatte Nilla aufgenommen und war ihr seither ein Vater, wie sie sich keinen besseren wünschen konnte. Doch auch wenn sie nichts vermisste – denn wie hätte sie etwas vermissen können, das sie nicht kannte? –, versetzte ihr das Lied jedes Mal einen Stich ins Herz. Sie fragte sich dann, was für ein Lied ihr wohl ihre Mutter vorgesungen hätte.

Leise sang sie die erste Strophe vor sich hin:

*Bei Nacht, bei Nacht*
*erwacht, erwacht*
*die dunkle Macht.*
*Doch hier auf meinem Arm*
*bist sicher du und warm.*
*Der Wind hat dich zu mir*
*gebracht, gebracht*
*bei Nacht, bei Nacht.*
*Ich gebe auf dich acht,*
*bin die gute Macht,*
*die wacht, die wacht*
*bei Nacht, bei Nacht.*

Wie eine Katze schlich draußen der Nachtwind ums Haus. Als er Nillas Lied vernahm, fuhr er durch den Muschelvorhang und strich ihr über die Stirn, bis sie in einen unruhigen Schlaf fiel, durch den erst Windtänzer und dann ein fremdes Pferd galoppierte.

Mitten in der Nacht erwachte Nilla von einem sonderbaren Scharren und Schnaufen, einem Schnauben

und Laufen. Es folgte ein leises Stöhnen, dann klimperte der Muschelvorhang.
Nilla fuhr hoch. In der Finsternis war nichts zu erkennen. Draußen verklang Hufgeklapper. Und dennoch roch es hier in der Hütte intensiv nach Pferd. Aber nicht nach Windtänzer – den erkannte sie blind.
„Jun?“, flüsterte Nilla in die Schwärze und ihre Stimme klang ungewohnt hoch.
„Ja, ich bin’s. Erschrick nicht. Ich habe noch jemand dabei.“ Mit einem Ächzen setzte er etwas Großes neben Nilla im Stroh ab. Wieder hörte sie das Geräusch von Hufen, diesmal ganz nah.
Jun machte sich an der Feuerstelle zu schaffen. Steine schlugen aufeinander, es raschelte, bis endlich eine kleine blaue Flamme hochzüngelte, der bald mehrere folgten. Was Nilla nun im zuckenden Feuerschein sah, verschlug ihr den Atem.
Ein Pferd. Eine edle, zierliche Stute, nachtschwarz, in deren Augen Angst und Unsicherheit standen. Dann fiel Nillas Blick auf ein in Decken gehülltes schlafendes Mädchen auf dem Boden. Es war wunderschön, doch unter seinen Augen lagen tiefe Schatten und sein Gesicht war weiß wie Gischt.

# Nächtliche Besucher

Nilla sprang von ihrem Nachtlager auf. Nun, da die Flammen höherschlugen und die Hütte erhellten, sah sie, dass Jun, das Mädchen und das Pferd voller Schlamm waren.

Jun führte die Stute dicht neben die Feuerstelle. „Könntest du mir frische Leinentücher holen?“, bat er Nilla. „Und die Heilkräuter. Ich muss Mondlichts Verbände erneuern.“

Erst jetzt merkte Nilla, dass das Pferd verletzt war. Seine schlanken Beine waren mit dreckigen Bandagen umwickelt und es schien Schmerzen zu haben. Nilla sah zwischen dem Pferd und dem Mädchen hin und her. Was war mit ihnen geschehen?

Widerstrebend riss sie den Blick von den beiden los, suchte Leinentücher und die Heilkräuter zusammen, die in Büscheln von der Decke hingen, und stellte den Wasserkrug bereit.

Als sie damit fertig war, hatte Jun bereits die Bandagen gelöst.

Nilla sog erschrocken die Luft ein, als sie die Wunden an den Vorderbeinen der Stute sah. Wie gerne hätte sie ihr beruhigend die Hände aufgelegt, doch Mondlicht zuckte nervös mit den Ohren, als sie sich ihr näherte, also ließ sie es bleiben. Verängstigte Pferde durfte man auf keinen Fall drängen. Man musste sie von selbst kommen lassen.

Stattdessen stellte Nilla eine Schale Wasser vor die Stute und hielt ihr einen Apfel hin. Neugierig beschnupperte das Pferd die Schüssel und die Frucht, zuckte jedoch immer wieder zurück.

Schließlich gab Nilla auf. „Ich lege dir den Apfel einfach hin, ja?“, sagte sie mit sanfter Stimme. „Und du nimmst ihn dir selbst, wenn du magst.“

Dann verarbeitete sie nach Juns Anweisung verschiedene Kräuter und etwas Wasser in einem Mörser zu einer dicken grünen Paste und sah Jun zu, wie er behutsam die Wunden säuberte und die Salbe auf Mondlichts Beine strich.

Jun arbeitete schweigend und konzentriert. Nur ab und zu gab er leise, tiefe Laute von sich, die das fremde Pferd zu beruhigen schienen. Nilla bewunderte ihn. Niemand konnte so gut mit Pferden umgehen wie er. Sie vertrauten ihm einfach.

Meister Jun war nicht mehr jung, doch seine Körperhaltung und seine Bewegungen strahlten eine Kraft, eine Sicherheit und Ruhe aus, die sich auf die Pferde übertrug. Ein Bart verdeckte große Teile seines Gesichts und betonte die Augen, die in einem intensiven Blaugrüngrau leuchteten wie das Meer selbst. Darüber wölbten sich dichte, buschige Brauen, die auf und ab wogten wie die See – mal belustigt, mal streng, mal nachdenklich. Manchmal schienen sie regelrecht zu tanzen und verrieten Nilla, die ihren Ziehvater gut kannte, genau, was in ihm vorging.

Während Jun mit geübten Griffen die Beine des Pferdes neu bandagierte, wanderte Nillas Blick immer wieder zu dem fremden Mädchen hinüber.

Sie atmete flach und wirkte sehr zart und zerbrechlich. Ihr Gesicht und ihre Hände waren schmal, ihre Augenbrauen so fein geschwungen und hell, dass man sie kaum sah. Überhaupt war – im Gegensatz zu Nilla mit ihren dunklen Locken, den dichten Augenbrauen und der braun gebrannten Haut – alles an ihr sehr hell und ihre Haare wallten über das Stroh wie Honig.

Als der Meister mit seiner Behandlung fertig war, trank Mondlicht doch noch, und zwar so gierig, dass sie die Schüssel umstieß und sich eine dunkle Pfütze über den Lehmboden der Hütte ergoss.

Jun dirigierte das Pferd ein paar Schritte zu dem Mädchen und legte ihm die Hände auf den Widerrist, bis es sich umständlich und unter Schmerzen im Stroh niederließ.

Nilla machte große Augen. Kam das Pferd denn nicht zu den anderen auf die Wiese? Wie oft hatte sie Jun angebettelt, Windtänzer bei ihr übernachten zu lassen, doch er hatte ihr ein ums andere Mal erklärt, dass das nicht ginge.

Sie runzelte die Stirn. Wenn er es bei einem anderen Pferd erlaubte, warum nicht auch bei Windtänzer? Das war ungerecht!

Jun winkte Nilla zu sich und mit vereinten Kräften betteten sie das Mädchen ganz dicht zu Mondlicht, sodass es halb am Bauch der Stute lag, halb lehnte. Die dünne Decke, in die es gehüllt war, rutschte ein Stück hinunter und zum Vorschein kam ein Kleid, dessen Farbe irgendwo zwischen Sommerhimmelblau und Schlammbraun lag.

Aus einer Truhe holte Jun neue Kleider für sich selbst und eine weitere Decke, die er Nilla zuwarf.

„Hier. Für Luna", flüsterte er.

*Luna.* So hieß sie also.

Nilla zog dem Mädchen, das noch immer die Augen geschlossen hatte, vorsichtig die zierlichen Schuhe aus und deckte es zu.

„Was ist denn mit ihr los?", fragte Nilla. „Schläft sie oder ...?"

Jun legte den Finger an die Lippen und bedeutete ihr stumm, sich auch wieder hinzulegen. „Wir reden morgen, in Ordnung?“, raunte er ihr zu und gab ihr gedankenverloren einen Kuss auf die Stirn. „Die beiden brauchen Ruhe.“ Damit machte er sich auf den Weg in die angrenzende Schmiede.

*Nein, nicht in Ordnung!* Am liebsten hätte Nilla mit dem Fuß gestampft, aber Luna und Mondlicht brauchten ja Ruhe und Juns Blick sagte ihr, dass es nichts brachte zu diskutieren – und zu stampfen gleich noch viel weniger.

# Wie eingesperrt

*Pfffmp-schhhhwmp!*
Am nächsten Morgen wurde Nilla vom lauten Pusten des Blasebalgs geweckt, der das Feuer in der Schmiede anfachte. Das war ihr ja noch nie passiert, dass sie länger schlief als Meister Jun! Als sie sich aufsetzte, fiel ihr Blick auf das schlafende Mädchen samt Pferd neben ihr.
Sofort war alles wieder da: Lunas flacher Atem, Mondlichts Wunden, die Aufregung, die Sorge.
Die Stute war ebenfalls wach, lag jedoch reglos da, wohl, um Luna nicht zu wecken. Im Tageslicht, das durch die Fenster und den Muschelvorhang hereinfiel, erkannte Nilla, *wie* dunkel Mondlichts Fell war. Ihre lange, seidige Mähne, die ihr tief ins Gesicht fiel, hatte sogar einen Blauschimmer. Nilla musste grinsen. Wie kam man darauf, einen Rappen *Mondlicht* zu nennen?

Schnell warf sie einen Blick auf die Leinentücher, um zu prüfen, ob sie durchgeblutet waren. Nein. Nilla atmete auf.

Und was war mit Luna?

Ihr Gesicht war unter dem langen Haar kaum zu erkennen. Zögernd streckte Nilla die Hand aus und schob einige Strähnen beiseite. Ganz so blass wie letzte Nacht kam Luna ihr nicht mehr vor und die Schatten unter ihren Augen schienen auch nicht mehr so tief zu – da schlug Luna die Augen auf. Augen, so golden wie Bernstein.

Hastig zog Nilla die Hand zurück. „Oh, entschuldige“, stammelte sie, „ich … ich wollte dich nicht wecken.“

Das Mädchen sah sie nur aus seinen hellen Augen an.

Zum Glück kam in diesem Moment Jun aus der Schmiede herüber. Das Pusten und Pumpen ging weiter. Also war Tommo auch da.

„Guten Morgen, ihr beiden“, sagte Jun. „Wie fühlst du dich, Luna?“

Luna ließ sich mit ihrer Antwort Zeit. Genau genommen antwortete sie gar nicht. „Wo bin ich?“, fragte sie und sah sich verwundert um, als hätte sie eine Hütte wie diese noch nie gesehen.

„In einem kleinen Dorf im Süden der Insel“, erklärte Jun. „In Meakamea, am Fuße des Vulkans. Vielleicht hast du schon einmal von der Bergin gehört?“

Luna nickte langsam, verzog jedoch gleich darauf das Gesicht, als habe sie Kopfschmerzen.

„Erinnerst du dich? Ich habe dich und Mondlicht letzte Nacht hergebracht. Und das ist Nilla.“ Jun legte den Arm um Nillas Schultern und fügte an sie gewandt hinzu: „Luna kommt aus Windhoka.“

„Aus der Hauptstadt?“ Nilla sah das fremde Mädchen neugierig an. Sie hatte noch nie jemanden aus Windhoka kennengelernt und war auch noch nie dort gewesen, sondern kannte es nur aus Erzählungen. Es musste sehr schön sein.

Jun nickte. „Luna war von ihrem Pferd getrennt. Die beiden müssen sich erst einmal gemeinsam erholen.“

Nilla riss die Augen auf. „Getrennt?“

Von seinem Pferd getrennt zu sein, war das Schlimmste, was einem widerfahren konnte. Auf Maolis waren Mensch und Pferd ihr ganzes Leben lang zusammen. Sie kamen gleichzeitig zur Welt und kurz nach der Geburt machte sich das Fohlen mit staksigen Schritten auf, sein Menschenkind kennenzulernen.

Wenn Nilla sich vorstellte, Windtänzer wäre nicht bei ihr … Nein, das wollte sie sich gar nicht ausmalen. Schon der Gedanke war schrecklich. Und es war auch schrecklich gefährlich. Ohne sein Seelenpferd verkümmerte man. Menschen verloren ihr Lachen und ihre Lebensfreude, einige sprachen nicht mehr und es konnte sogar passieren, dass jemand in einen tiefen Schlaf fiel, aus dem er nie wieder erwachte.

Zum Glück kam es selten vor, dass Mensch und Pferd getrennt wurden. Doch es *kam* vor. Manchmal verunglückte ein Ross, manchmal verschwand eines auf rätselhafte Weise mit oder ohne zugehörigen Reiter. Es ging das Gerücht, Geister seien dafür verantwortlich, es wurde von der Verlorenen Herde geflüstert. Manche hatten auch den Wind im Verdacht, Pferde über die Klippen ins Meer zu treiben. Aber das konnte Nilla nicht glauben. Der Wind war ihr Freund. So etwas würde er niemals tun.

Jetzt wurde Nilla einiges klar: Deshalb hatte Jun erlaubt, dass die Stute in der Hütte schlief. Und deshalb war Luna so bleich wie der Mond. Die beiden mussten jetzt jede Minute zusammen verbringen. Wovon Mondlichts Verletzungen herrührten, erklärte es allerdings nicht.

„Und warum wart ihr getrennt?“, wollte Nilla wissen. Spontan legte sie Luna eine Hand auf den Arm, doch die zuckte zurück. Sie war nicht minder schreckhaft als ihr Pferd. Die zwei passten echt zusammen …
Luna sah zu Jun.
„Hast du Hunger, Luna?“, fragte er unvermittelt.
Luna nickte wieder. Diesmal vorsichtiger.
Jun machte Nilla ein Zeichen, ihm zu helfen. Er stellte einen Topf auf den Herd und rührte Hirsebrei an, in den er einige kräftige Kleckse Honig gab, während Nilla Kerne aus Granatäpfeln pulte und hineinwarf. Bald warf der Brei rosafarbene Blubberblasen.
Eng an Mondlicht gekuschelt sah Luna ihnen von ihrem Lager aus zu und strich ganz behutsam über die Bandagen, während die Stute den Schweif um sie gelegt hatte, als wolle sie sie umarmen.
Nilla gab einen kräftigen Klacks Brei in eine Schale und stellte diese so schwungvoll auf den Tisch, dass Mondlicht mit den Ohren zuckte. „Für dich, Luna.“ Dann füllte sie eine weitere Schale für sich.
„Danke.“ Luna richtete sich auf. Bis zum Stuhl waren es nur ein paar Schritte, doch Nilla blieb nicht verborgen, wie wackelig sie auf den Beinen war.

„Fangt ruhig schon an zu essen", sagte Meister Jun zu den Mädchen, während er noch Tee aufbrühte und ein Duft nach Malvenblüten die Hütte erfüllte.
Luna saß unschlüssig vor ihrer Schüssel – sie schien etwas zu suchen. Nilla beobachtete sie aus dem Augenwinkel. Worauf wartete sie? Nilla schnappte sich eine der großen Muscheln, die stets in der Mitte des Tisches bereitlagen, und machte sich damit über ihre eigene Schale her. Es schmeckte lecker. Cremig und fruchtig und süß.
Erst jetzt nahm sich auch Luna einen Muschellöffel, drehte ihn kurz in den Händen hin und her und begann dann zu essen. Sie schien hungrig zu sein. Dennoch nahm sie im Gegensatz zu Nilla nur kleine Bissen und hielt die Muschel mit abgespreiztem kleinem Finger. Es wirkte vornehm und irgendwie auch lustig. Nilla verkniff sich ein Kichern.
Jun schenkte Tee ein und gesellte sich zu ihnen. Eine Weile aßen sie schweigend, wie meist. Aber heute war Nilla zu neugierig. „Wieso bist du von Windhoka weg?", fragte sie mit vollem Mund.
Luna verschluckte sich und begann zu husten. Wieder dieser Blick zu Jun.

Der räusperte sich. „Es war nicht mehr sicher für sie. Vor allem nicht für Mondlicht, die von dort ausgebüxt ist. Und hier können wir die beiden in Ruhe aufpäppeln."

Das leuchtete Nilla ein. Jun kannte sich eben wie kaum ein anderer mit Pferden aus. Oft kamen Leute von weit her, wenn ihr Pferd krank oder verletzt war, um seinen Rat einzuholen und ihn um Hilfe zu bitten.

Jun hatte in der Zwischenzeit das Frühstück beendet und sah nach Mondlicht. Er wickelte die Bandagen ab und warf einen Blick darunter. Anscheinend war er zufrieden, denn er legte die Tücher wieder an, ohne sie zu wechseln. Dann brachte er Mondlicht frisches Wasser und Hafer.

Im Türrahmen zur Schmiede drehte er sich noch einmal um. „Du ruhst dich weiter schön aus, Luna", sagte er. „Mich ruft jetzt die Arbeit."

„Und *mich* ruft Windtänzer", trällerte Nilla.

Jun schüttelte den Kopf. „Heute nicht, meine Windstochter. Du kümmerst dich um unseren Besuch. So macht man das nämlich." Er zwinkerte ihr zu und verschwand nach nebenan.

Luna und Nilla sahen ihm nach. Luna lächelnd, Nilla

mit offenem Mund. Was dachte er sich dabei?, fragte sie sich. Sie musste doch zu Windtänzer! Sie mussten trainieren!

„Dein Vater kennt sich toll mit Pferden aus“, stellte Luna fest. „Mondlicht lässt so leicht niemanden an sich heran.“

Nilla schwieg. Natürlich konnte Luna nicht ahnen, dass sie ihre Eltern gar nicht kannte. Und natürlich war Jun der tollste Ziehvater, den man sich wünschen konnte, und liebte sie von ganzem Herzen. Trotzdem war es manchmal, als würde ein Stück von ihr fehlen. Was war mit ihren Eltern geschehen? Warum waren sie nicht bei ihr? Wie ein Blitz aus heiterem Himmel durchzuckten diese Fragen sie ab und an und fuhren ihr bis ins Herz. Dann musste sie immer ganz schnell zu Windtänzer und mit ihm im Galopp über die Insel sprengen und sich vom Wind durchpusten lassen, bis sie beide völlig außer Atem waren.

Nilla schluckte. „Jun ist nicht mein Vater“, sagte sie. „Ich bin ein Findelkind.“ Lunas goldene Augen wurden groß und rund. Nilla kannte diesen Blick. Sie hasste es, bemitleidet zu werden.

„Oh. Das … das tut mir leid“, stammelte Luna und

guckte noch immer so nervig. „Was ist mit ihnen passiert?“

Wenn ich das nur wüsste!, dachte Nilla. Sie seufzte. Wie es aussah, blieb ihr nichts anderes übrig, als dem fremden Mädchen ihre Geschichte zu erzählen. Sie sprach nicht gern darüber und das musste sie sonst auch so gut wie nie. Im Dorf wussten alle Bescheid, da brauchte sie niemandem etwas zu erklären.

In knappen Worten berichtete sie Luna das Wenige, was sie wusste. Dass Windtänzer mit ihr in einer stürmischen Nacht vor Juns Tür gestanden hatte, der sie daraufhin bei sich aufgenommen hatte. Dass sie damals noch ganz, ganz klein gewesen war und keinerlei Erinnerung an ihre Eltern hatte, geschweige denn daran, was geschehen war.

„Das Einzige, was ich von ihnen habe“, schloss sie, „ist diese Decke.“ Sie zeigte auf eine ozeanblaue, abgewetzte Samtdecke auf ihrem Lager. „Darin war ich eingewickelt.“

Sie spürte, wie ihr Hals eng wurde. Mit gesenktem Kopf kratzte sie ausführlich ihre Schale aus, obwohl gar nichts mehr darin war. Am liebsten wäre sie aufgesprungen und weggerannt. Sie wollte nur noch zu Windtänzer, galoppieren bis zur Erschöpfung, über die größten Steinbrocken und umgestürzte Baumstämme springen, das Gefühl haben zu fliegen. Sie räusperte sich. „Und was ist mit *deinen* Eltern? Warum sind sie nicht mitgekommen?"

Jetzt kratzte Luna mit der Muschel in ihrer Schale herum. Dann hielt sie sich die Hand vor den Mund und gähnte. „Ich … ich bin unheimlich müde. Ich glaube, ich muss mich wieder hinlegen. Von Mondlicht getrennt zu sein, war einfach grauenhaft. Keiner wusste, wo sie steckt."

Mühsam stand sie auf. Wange an Flanke kuschelte sie sich wieder zu ihrer Stute ins Stroh, so wie Jun und Nilla sie in der Nacht zuvor gebettet hatten, und Mondlicht prustete ihr sanft in die Haare.

*Plöng-döng-göng!*

Nebenan in der Schmiede wurde das Hämmern lauter. Luna nuschelte noch irgendetwas, das jedoch im Lärm unterging, zog sich die Decke bis zur Nasenspitze, schloss die Augen und schon im nächsten Moment ging ihr Atem ruhiger.

Nilla starrte sie an. War sie wirklich eingeschlafen? So schnell? Trotz des Lärms? Also echt, erst anderen ein Loch in den Bauch fragen und dann einfach im

Handumdrehen wegdämmern, wenn es spannend wurde! Aber vielleicht sprach auch Luna nicht gern über bestimmte Dinge …

Etwas ratlos saß Nilla da und sah den beiden beim Schlafen zu. Viel zu sehen gab es allerdings nicht. Luna hatte wieder ihren Haarvorhang vor dem Gesicht und Mondlicht ihre Mähne.

*Langweilig!*

Nilla kratzte noch den Topf leer und wusch ab.

*Sehr langweilig!*

Sie holte ihre Schatzkiste aus ihrem Versteck, packte Federn, schöne Steine und Muscheln aus und zählte ihre Schätze.

*Unfassbar langweilig!*

In ihrer Verzweiflung flocht sie sogar aus Efeu und Lianen eine lange Girlande. Dabei hasste sie solche Arbeiten. Für das bevorstehende Windfest mussten jedoch alle mit anpacken – Alte wie Junge, Männer wie Frauen.

Wie jedes Jahr kam den größeren Kindern die Aufgabe zu, alles festlich zu schmücken. Noch war es vier Wochen hin, doch die Vorbereitungen waren bereits in vollem Gange. Für die Mädchen und Jungen, die in ein oder zwei Sommern eine Lehre beginnen würden, bedeutete das, Federn, Muscheln, Schlingpflanzen und anderes Material für Kränze und Girlanden zu sammeln. Kurz vor dem Fest wurden noch Blüten und in manche sogar Äpfel für die Pferde hineingewoben.

Luna und Mondlicht bekamen von alldem nichts mit, sondern schlummerten friedlich. Nilla dagegen fühlte sich wie eingesperrt. Sie setzte ihre Flechtarbeit ab. Draußen säuselte der Wind, als rufe er nach ihr. *Schhhhh! Nillaaaa, woooo bleibssssst duuuuu?*

Da hielt sie es nicht mehr aus und sprang von ihrem Stuhl auf. Kurz zögerte sie. Sollte sie Jun um Erlaubnis fragen? Dann schüttelte sie den Kopf, dass die Locken tanzten. Nein. Wenn Luna tief und fest schlief, konnte *sie* ja wohl zu Windtänzer! Außerdem wurde der Meister bei der Arbeit nicht gern gestört. Und Tommo hätte sich zwar jederzeit von Nilla stören lassen, aber auch da hatte Jun etwas dagegen.

Also band Nilla sich ein Tuch in die Haare und griff nach einer Möhre für Windtänzer.

Als hätte er es geahnt, steckte Jun genau in diesem Moment den Kopf in die Wohnstube. Das machte er sonst nie.

„Äh … ich gehe jetzt doch zu Windtänzer“, sagte Nilla und hob die Hand.
Jun schüttelte den Kopf. „Das hatten wir doch besprochen, Anila.“
„Aber sie schläft.“ Nilla deutete auf Luna, von der außer Haaren nichts zu sehen war. „Schon seit einer halben Ewigkeit.“
„Dann wacht sie bestimmt bald wieder auf“, sagte Jun und seine Stimme duldete keinen Widerspruch.
Nilla setzte ihre jämmerlichste Miene auf. „Weißt du, ich kann auch nicht so lang von Windtänzer getrennt sein. Sonst passiert mir dasselbe wie Luna.“
Juns Augenbrauen zogen sich zusammen. „Über so was macht man keine Witze.“
„Wie lang muss sie sich denn noch ausruhen?“, fragte Nilla und diesmal stampfte sie wirklich mit dem Fuß. Wer bei dem Krach aus der Schmiede schlafen konnte, dem machte ganz bestimmt auch so ein bisschen Stampfen nichts aus.
„So lange es eben dauert“, sagte Jun. Auf einmal heiterte sich seine Miene auf. „Wer weiß, vielleicht seht ihr euch ja trotzdem bald, du und Windtänzer … Also, sehr bald.“ Damit ging er wieder in die Schmiede zurück.

Nilla runzelte die Stirn. Wie hatte er das gemeint? Manchmal wusste Jun Dinge vor allen anderen. Nicht lange vorher, aber immerhin.

Sie lauschte. Es war nichts zu hören. Oder doch?

Da! Huftrappeln! Es wurde lauter.

Ihr Herz trappelte ebenfalls lauter.

# Beschnuppern

Der Muschelvorhang teilte sich und Windtänzers Kopf erschien. Wie immer rauschte er so schwungvoll herein, dass das Herdfeuer wild flackerte. *Oft* kam er nicht zu Besuch, weil er einen großen Bewegungsdrang hatte und ständig Dinge von den Regalen fegte. Nilla konnte das nur zu gut verstehen, sie war ja auch lieber draußen.
„Windtänzer!“, rief sie mit gedämpfter Stimme und schlang ihm die Arme um den Hals. „Gut, dass du hier bist!“ Sie steckte die Nase in sein Fell und atmete seinen sonnig-warmen Duft ein.
Doch als Windtänzer das fremde Mädchen und vor allem das fremde Pferd entdeckte, fuhr er herum und drehte sich aufgeregt im Kreis.
„Das sind Mondlicht und Luna“, flüsterte Nilla und versuchte, ihn festzuhalten.

Vergeblich. Er wirbelte eine Aschewolke vom Herd auf, sodass Nilla husten und er prusten musste, und zog dann Luna und Mondlicht seinen Schweif übers Gesicht.
Die beiden schraken hoch. Zum ersten Mal an diesem Tag kam die Stute auf die Beine. Nilla hatte sich ohnehin schon gewundert, dass sie so lang liegen geblieben war. Das war äußerst ungewöhnlich.
Mondlicht schnaubte aufgeregt.
„Das ist Windtänzer“, erklärte Nilla schnell. „Mein Pferd“, setzte sie noch unnötigerweise hinzu. „Und ein ziemlicher Wirbelwind.“
„Hallo.“ Luna rieb sich die Augen und betrachtete ihn. „Du bist aber ein hübscher Kerl.“
Ungestüm trat Windtänzer auf Mondlicht zu, um sie zu beschnuppern, doch die Stute machte unvermittelt einen Hopser und wieherte. Windtänzer sprang ebenfalls zurück und rumpelte mit dem Hinterteil gegen einen Stuhl. Der stieß polternd gegen den Tisch, wo der Krug umkippte, über die Kante kullerte, zu Boden fiel und zerbrach. Der Hengst zog den Kopf ein und guckte bedröppelt.
„Na, ganz toll.“ Nilla verdrehte die Augen.
„Macht doch nichts“, meinte Luna und kicherte.

*Macht nichts?* Machte sehr wohl was! „Was ist daran bitte komisch?“, fragte Nilla. „Jetzt ist unser Krug kaputt.“
Luna zuckte mit den Schultern. „Nehmt doch einfach einen anderen.“
Nilla hob die Augenbrauen, wie Jun es immer tat. „Vielleicht haben wir keine …“ Sie suchte nach einer großen Zahl. „… keine dreiundvierzig davon.“
Sie ging in die Hocke und begann, die Scherben zusammenzuklauben.
„Oh. Ja … natürlich.“ Luna biss sich auf die Unterlippe und wollte Nilla helfen, schnitt sich jedoch gleich an der ersten Scherbe. „Autsch!“, fluchte sie und steckte den blutenden Finger in den Mund.
Nilla schüttelte innerlich den Kopf über sie. Wie konnte man sich nur so tollpatschig anstellen? Als würde sie das zum ersten Mal machen. Nilla sah Luna von der Seite an. Wusste sie nicht, dass Scherben scharf waren? Wusste sie nicht, dass man mit Muscheln aß? Lebten die Leute in der Hauptstadt etwa dermaßen im Überfluss, dass sie nur lachten, wenn etwas kaputtging?
Ehe sie den Gedanken weiterverfolgen konnte, stupste Luna sie mit dem Ellbogen an. „Guck mal!“
Windtänzer machte gerade einen zweiten Anlauf bei

Mondlicht. Diesmal ganz langsam, Schritt für Schritt. Die Stute hatte die Ohren nach vorne gestellt und Windtänzer den Hals vorgereckt. Einen Augenblick lang standen sie sich reglos gegenüber, dann pustete Windtänzer sie an und sie ihn. Ihre Nüstern weiteten sich. Doch als er einen weiteren Schritt auf sie zumachte, um sie ausgiebiger zu beschnuppern, wich Mondlicht wieder zurück.

Nun, da die Stute stand, sah man, wie dreckig sie war, vor allem am Bauch und an den Beinen.

„Lässt sie sich eigentlich putzen?“, fragte Nilla. „Nötig wäre es.“

„Natürlich“, erwiderte Luna.

So natürlich war das nicht, fand Nilla. Windtänzer zum Beispiel ließ sich nie richtig putzen – wie so einige Pferde seiner Herde. Kraulen und kuscheln ja, putzen nein. Ein Bad im Fluss nahm er halbwegs gern, aber sobald er aus dem Wasser kam, wälzte er sich sofort wieder ausgiebig im Sand und in der Erde.

„Na, dann kommt mal mit“, meinte Nilla. „Die Bürsten sind draußen.“

Luna und die Pferde folgten ihr zu einem Unterstand hinter der Hütte. Das Mädchen war nun deutlich besser

auf den Beinen als noch am Morgen, die Stute dagegen lahmte etwas mit dem linken Vorderfuß.
Ganz so leicht machte Mondlicht es ihnen dann doch nicht. Immer, wenn Nilla ihr zu nahe kam, drehte und wendete sie sich hin und her und begann zu tänzeln. Dass ein fremder Mensch sie anfassen wollte, machte sie sichtlich nervös.
Erst als Luna ihre Hand auf die von Nilla legte und sie die Stute gemeinsam streichelten, ließ Mondlicht Nilla gewähren, sah sich aber immer wieder nach ihr um, als wolle sie sie im Auge behalten.
Während Luna Mondlicht den Kopf bürstete und sich um die Mähne kümmerte, weil die Stute außer ihr niemanden dort hinließ, striegelte Nilla sie schweigend mit großen, kreisförmigen Bewegungen. Zwar hätte sie Luna gerne nach Windhoka ausgefragt, aber sie merkte, dass es das Mädchen ohnehin viel Kraft kostete, Mondlicht zu putzen.
Windtänzer half auch mit – auf seine Art. Er nutzte die Gelegenheit, Mondlicht genauer in Augenschein zu nehmen. Ein ums andere Mal lief er um sie herum, um sie von allen Seiten zu betrachten. Das lenkte sie ab, was gar nicht so schlecht war, denn so konnte sich

die Stute nicht die ganze Zeit mit Nilla beschäftigen. Beschnuppern ließ sie sich allerdings nach wie vor nicht. Irgendwann wechselte Windtänzer die Strategie und versuchte es mit Geschenken. Er trabte los und pflückte für Mondlicht einen Apfel, den sie nicht annahm.
Er holte einen, der noch größer und schöner und röter war.
Und noch einen.
Und noch einen.
Vergeblich.
Sogar in Juns Gemüsegarten sprang er. Dabei wusste er, dass das verboten war, und hielt sich sonst auch daran. Nicht so heute. Wollte er Mondlicht am Ende beeindrucken?
Tatsächlich! Er stibitzte für die Stute einen der Granatäpfel, die die Pferde nur zu besonderen Gelegenheiten bekamen. Mondlicht guckte ihm interessiert aus der Ferne zu, doch sobald er ihr den Leckerbissen darbot, senkte sie den Kopf und ignorierte ihn.
Windtänzer verstand die Welt nicht mehr. Das fremde Pferd wollte nicht mit ihm spielen und Nilla auch nicht. Wieso striegelte und bürstete sie diese seltsame Stute, statt mit ihm auszureiten? Immer wieder stupste er Nilla

an, knabberte an ihrem Hemdkragen und schnaubte ihr in den Nacken, dass es kitzelte. *Komm mit*, hieß das. Nilla wusste nur zu gut, dass Windtänzer galoppieren wollte. Ihr ging es ja genauso. Trotzdem schüttelte sie ihn lachend ab und gab ihm einen liebevollen Klaps auf den Po, um sich wieder Mondlicht zu widmen und Blätter und kleine Zweige aus ihrem Schweif zu kämmen, der dabei nervös hin und her schwang.

Luna half mit, so gut sie konnte, war jedoch noch sehr geschwächt. Als Nilla merkte, dass ihre Bewegungen immer langsamer und kraftloser wurden, holte sie den Hackklotz aus einer Ecke und stellte ihn vor die Stute.

„Setz dich", sagte sie zu Luna. „Du redest Mondlicht gut zu und kuschelst mit ihr und ich putze sie fertig."

Luna nickte erleichtert, lehnte ihre Stirn an die von Mondlicht und summte ihr leise etwas vor. Die Hände hatte sie auf die bandagierten Stellen an den Vorderbeinen gelegt. Immer wieder guckte Nilla zu ihr hin. Ob Luna auf diese Weise auch sehen konnte, was in Mondlichts Kopf vorging, so wie sie selbst bei Windtänzer? Hatte sie gerade schlimme Bilder davon vor Augen, was Mondlicht ohne sie erlebt hatte? War sie deshalb plötzlich wieder so blass und zittrig?

Nilla hätte sie gerne gefragt, traute sich jedoch nicht so recht.

Aber sie wäre sowieso nicht dazu gekommen, denn Tommos Geschwister hatten die beiden entdeckt. Wie ein Lauffeuer sprach es sich im Dorf herum, dass bei Jun und Nilla ein fremdes Mädchen zu Besuch war, und das zog so manche Schaulustige an. Ein paar Leute beäugten Luna und ihr Pferd nur aus der Ferne, andere, wie Elanor, Kaitlin und Fatia, die Bäckerin, sagten den Neuankömmlingen Guten Tag.

„Das sind Luna und Mondlicht", erklärte Nilla ein ums andere Mal, wobei Luna nur kurz den Kopf hob und sich ein flüchtiges Lächeln abrang.

Die meisten zogen schnell wieder ab, sobald sie merkten, dass Luna nicht sonderlich gesprächig und Nilla beschäftigt war. Am längsten blieb Tommos jüngster Bruder Theo, der sich eine Weile neben Luna setzte und immer wieder fasziniert über ihr Kleid streichelte, seine Wange daran rieb und sogar den Kopf auf ihr Bein legte. Er verdrückte sich erst, als York mit seinem schwarzgrauen Hengst Dexter auftauchte. Um diese beiden machten die meisten Kinder aus dem Dorf einen großen Bogen. Dexter überragte Windtänzer locker um einen Kopf und auch York war auffallend groß. Obwohl er zwei Jahre älter war als Nilla, machte er keine Lehre, sondern ging nur ab und zu mit seiner Mutter auf die Jagd.

Nilla verdrehte die Augen, als sie ihn kommen sah. Er konnte nie an ihr vorbeigehen, ohne eine blöde Bemerkung fallen zu lassen, und Dexter konnte nie an ihr vorbeireiten, ohne Pferdeäpfel fallen zu lassen.

York tat so, als käme er rein zufällig die Straße entlang, aber das nahm Nilla ihm nicht ab. Vom Rücken seines riesigen Pferdes aus sah er auf Luna und Mondlicht herab. „Wen haben wir denn da?“, fragte er und gab sich auch gleich selbst die Antwort: „Ein mickriges Mädchen und ein mickriges Ross.“

Dabei sah Mondlicht mit ihrem glänzenden Fell und der leicht gewellten Mähne, die wallte wie ein dunkler Wasserfall, wunderschön aus.

Als Luna nichts dazu sagte, versuchte York es anders. „Na gut, ich gehe dann mal für das große Rennen trainieren. Viel Spaß noch. Vielleicht führen sie beim Windfest als neue Disziplin ja Pferdeputzen ein. Extra für Mädchen. Dann seid ihr bestens gewappnet.“

Nilla wollte gerade Luft holen, um ihm gehörig die Meinung zu sagen, da deutete er auf ihren Kopf. „Schönes Tuch“, meinte er und ließ seine weißen Zähne aufblitzen. „Neu?“ Das Lächeln verlieh ihm etwas Haifischartiges.

Nilla kniff die Augen zusammen. Wollte er ihr irgendetwas damit sagen? Hatte er sie tatsächlich bei ihrem Wettrennen gegen den Wind beobachtet? Oh, oh, das konnte mächtig Ärger geben. Andererseits hätte er sie dann bestimmt längst verpetzt, denn er ließ keine Gelegenheit aus, ihr und Tommo das Leben schwer zu machen. Umgekehrt behielten auch Nilla und Tommo ihn stets im Auge, denn zwischen ihnen herrschte eine alte Rivalität.

York war der Einzige im Dorf, der genauso alt war wie Tommo, und so hatten die beiden früher oft miteinander gespielt und auch ihre Pferde Dexter und Ikarus waren zusammen aufgewachsen. Sie waren Freunde gewesen, bis zu jenem Tag, als Tommo ihn zum ersten Mal beim Wettreiten abgehängt hatte. York hatte sich zuerst nichts anmerken lassen und ihm lachend auf die Schulter geklopft.

Doch am nächsten Tag war Ikarus wie ausgewechselt. Er war ängstlich und schreckhaft und lahmte sogar ein wenig. Mehr durch Zufall entdeckte Tommo in seinem rotbraunen Fell mehrere kleine Wunden. Ob wilde Tiere die Herde angefallen hatten? Aber wieso hatten sie es ausschließlich auf Ikarus abgesehen?

Tag für Tag wurde Ikarus unruhiger und warf Tommo sogar ab, als er sich wieder ein Rennen mit Dexter und York liefern wollte. Tommo war ratlos und obwohl sie damals noch nicht befreundet waren, konnte Nilla sich

gut daran erinnern, wie viele Sorgen er sich gemacht hatte.
Schließlich war es Windtänzer, der das Rätsel löste. Damals hatte er zum ersten Mal seine Stirn an ihre gelegt und sich ihr auf diese Weise mitgeteilt. Was er ihr zeigte, raubte Nilla den Atem: Dexter und Ikarus alleine unterwegs. Ikarus auf der Flucht vor dem schwarzgrauen Hengst – doch nicht im Spiel. Dexter, der Ikarus trat und zwickte und biss.
Erst glaubte Tommo ihr nicht. Ikarus und Dexter waren doch Freunde – genau wie er und York! Außerdem konnte er sich nicht vorstellen, dass irgendein Pferd der Herde sich einem anderen gegenüber so verhielt. Doch Nilla wusste, dass Windtänzer recht hatte. Schließlich überredete sie Tommo, nachts heimlich die Herde zu beobachten, und da sah er es mit eigenen Augen.
Jun hatte damals eingegriffen und sich erst York und dann Dexter vorgeknöpft. Mit York hatte er ein ernstes Gespräch geführt und mit dem Hengst in gewisser Weise auch: Er hatte ihm so lange in die Augen gestarrt – man munkelte, es habe eine halbe Stunde gedauert –, bis das Pferd den Kopf gesenkt und weggesehen hatte. Ab da war Ruhe.

Seitdem passte Wolke noch besser auf. Ihren wachsamen Augen entging nichts und als Leitstute zollte ihr sogar der schwarzgraue Hengst Respekt. Und Ikarus unternahm keine Ausflüge mehr zu zweit mit Dexter, sondern ging ihm aus dem Weg.

Damals hatte Nilla einen Freund gefunden und sich einen Feind gemacht, wobei vor allem Letzterer, was das große Rennen anging, ebenso ehrgeizig war sie selbst. Sich Hoffnungen auf den Sieg zu machen, war auch durchaus berechtigt. Die Erwachsenen waren oft zu beschäftigt, um viel zu trainieren. Die Kinder dagegen verbrachten einen großen Teil des Tages auf dem Pferderücken.

In den letzten Jahren hatten einmal Elanor und einmal Diane den Sieg davongetragen, davor ein Junge namens Haru. Als junger Mann hatte Jun sogar viermal hintereinander gewonnen, doch er nahm seit Jahren nicht mehr teil. Angeblich hatte er zu viel um die Ohren, um sich angemessen vorzubereiten, aber Nilla fragte sich manchmal, ob er vielleicht auch einfach anderen den Vortritt ließ. Er und Wolke schienen noch immer nur so dahinzufliegen, wenn es darauf ankam.

Nilla verengte die Augen. So ein Sieg beim Windfest

war eine große Sache. Und jemand wie York würde alles dafür tun – auch seine Gegner ausspionieren und anschwärzen. Doch noch ehe sie etwas auf seine seltsame Bemerkung mit dem Tuch erwidern konnte, drückte er seinem Pferd kräftig die Fersen in die Seiten und ritt mit einem Lachen davon. Dexter hob hochmütig den Schweif und ließ noch ein paar Pferdeäpfel fallen.
Nilla warf Luna einen Blick zu. Hätte die nicht auch was sagen können? Aber nein, sie ließ sie schuften und hatte nur den Kopf an Mondlicht gelehnt.
Schweigend arbeitete Nilla weiter. Eigentlich hatte ihr das Putzen Spaß gemacht, aber plötzlich nervte es sie. Auch Windtänzer schien keine Lust mehr zu haben. Ein letztes Mal versuchte er noch, Nilla zum Mitkommen zu bewegen, zupfte an ihrem Ärmel und stupste sie mehrfach mit den Nüstern in die Seite, dann trottete er die Dorfstraße entlang. Wehmütig sah Nilla ihm nach.
Luna folgte ihrem Blick. „Ganz schön frech, dein Windtänzer“, meinte sie.
Ach, auf einmal konnte sie wieder reden!, dachte Nilla grummelig. Außerdem war Windtänzer nicht frech! Er war … witzig und wild und wunderbar. Eben genau richtig! „Wenigstens läuft er mir nicht davon.“ Die Worte

purzelten aus ihrem Mund, ehe sie darüber nachdenken konnte, und schon im nächsten Augenblick bereute sie die unbedachte Bemerkung.

Kurz war alles still, dann erhob Luna sich wackelig.

„Danke für deine Hilfe", sagte sie, ohne Nilla anzusehen, und führte Mondlicht zurück in die Hütte.

Nilla biss sich auf die Unterlippe. Dann trottete sie ihnen hinterher. Mondlicht lief jetzt viel besser, dafür hinkte Luna mit dem linken Bein.

Nilla stutzte. Auch wenn man sein Pferd von ganzem Herzen liebte und mit ihm litt, wenn es verletzt war – aber das war nun wirklich übertrieben. Trotzdem tat Luna ihr leid und sie hatte ein schlechtes Gewissen wegen ihrer blöden Bemerkung.

„Jedenfalls blitzt Mondlicht jetzt wieder", brach Nilla das Schweigen und lächelte schief. „Im Gegensatz zu … äh …" Sie brachte den Satz nicht zu Ende. „Was hältst du davon, wenn ich dir was von meinen Anziehsachen ausleihe?"

Luna sah erst an Nilla herunter, dann an sich selbst. Nach dem gleißenden Sonnenschein draußen war ihr Gesicht im Dämmerlicht der Hütte kaum zu erkennen. „Ja", sagte sie. „Das ist eine gute Idee."

Nilla wählte ihr schönstes weites Flatterhemd und eine schmale Hose aus, die ihr schon ein wenig eng war, aber Luna bestimmt passen würde. Sie drückte Luna die Sachen in die Hand.

Luna stand unschlüssig da. „Wo kann ich mich umziehen?“

Nilla tat, als würde sie sich umsehen. „Na, hier“, sagte sie. „Oder willst du lieber rüber in die Schmiede zu Meister Jun und Tommo?“ Innerlich verdrehte sie die Augen. Was erwartete Luna denn? Einen Ankleideraum? Sie war wirklich seltsam. Nilla wusste nicht so recht, was sie von ihr halten sollte. Vielleicht sollte sie sie auch einmal beschnuppern.

Bei der Vorstellung musste sie grinsen.

# Heimlichkeiten

Tags darauf ging es Luna und Mondlicht schon viel besser. Die Stute wollte kaum noch liegen und stand die meiste Zeit an dem Platz, den Jun für sie ausgestreut hatte.

Im Gegensatz zu Windtänzer bewegte sie sich mit Bedacht, als wäre sie es gewohnt, viel drin zu sein, und sah sich alles in der Hütte genau an. Sie beschnupperte die Truhen und fuhr mit den Hufen und Nüstern durchs Stroh an der Schlafstatt. Besonders angetan hatte es ihr die Feuerstelle, zu der sie jedoch aller Neugierde zum Trotz stets Abstand hielt. Ansonsten fraß sie mit gutem Appetit, was Jun oder Luna ihr vorsetzten, und ließ brav ihre Wunden versorgen. Jun hatte die Bandagen noch einmal gewechselt und war sehr zufrieden mit Mondlichts Fortschritten, ja fast schon verwundert, und

Nilla blieb nicht verborgen, wie er Luna ein paarmal Blicke zuwarf.

Luna hatte das Haus nicht mehr verlassen, seit sie die Stute geputzt hatten. Oft ertappte Nilla sie dabei, wie auch sie sich in der Hütte umsah und dabei ähnlich erstaunt wirkte wie ihr Pferd. Immer wieder kratzte sie sich, mal am Ellbogen, mal im Nacken, als wären Nillas Kleider unangenehm auf der Haut. Dabei hatte Nilla ihr ihre besten Sachen geborgt. Allerdings musste sie zugeben, dass diese bei Weitem nicht an das sommerhimmelblaue Kleid herankamen. Während Luna schlief, hatte sie es heimlich in Augenschein genommen – genauso wie den Mondstein, der weißbläulich an einer Kette um Lunas Hals baumelte. Das Kleid starrte zwar vor Dreck, doch nie zuvor hatte Nilla etwas so Wunderweiches, Luftig-Leichtes gefühlt. Es floss einem geradezu durch die Finger, als wäre es aus Wolken und Wasser gewoben. Am liebsten hätte sie ihre Wange daran gerieben wie Theo oder gleich ihr ganzes Gesicht hineingesteckt. Aber dann hatte Mondlicht sie so komisch angeguckt und sie hatte das Kleid schnell wieder weggelegt.

Luna schien es insgesamt besser zu gehen, doch

manchmal wurde sie noch unvermittelt weiß um die Nasenspitze und musste sich wieder hinlegen.
Wenn sie wach war, beschäftigte sie sich viel mit ihrer Stute, legte die Hände auf ihre Bandagen, sang Lieder für sie und las ihr sogar Handschriften über Heilkräuter und alte Legenden vor, die sie aus Juns schmalem Bücherregal gezogen hatte. Sie las erstaunlich flüssig. Sehr viel besser als Nilla, viel besser als Tommo und sogar besser als die meisten Erwachsenen im Dorf.
Aber Luna konnte noch mehr. So ungeschickt sie sich bei den Dingen des täglichen Lebens anstellte, umso talentierter erwies sie sich auf anderen Gebieten. Zum Beispiel fertigte sie Kränze und Girlanden in einem Tempo und mit einer Präzision, dass Nilla nur staunen konnte.
Gesprächig war sie nicht, wenn sie so gemeinsam am Tisch saßen und Efeu und andere Ranken zu langen Strängen wanden. Wann immer Nilla die Rede auf Lunas Leben in Windhoka brachte, warf sie ihr nur ein paar magere Brocken über die Häuser, Straßen, Plätze und Brunnen hin, um dann mit gesenktem Kopf weiterzuarbeiten. Dabei brannte Nilla darauf, mehr über das Leben in der Stadt zu erfahren. Vor

allem wollte sie alles über die Königin und den König und ihren sagenumwobenen Windpalast wissen – und über ihre Tochter, die nie jemand zu Gesicht bekam. Hinter vorgehaltener Hand nannte man sie deshalb die Unsichtbare Prinzessin und böse Zungen behaupteten, sie sei unfassbar hässlich.

Was immer Luna tat, sie tat es zusammen mit Mondlicht. Wenn sie las, saß sie an ihr Pferd gelehnt. Wenn sie am Tisch saß und Girlanden flocht oder Nilla ihr zeigte, wie man Granatapfelkerne auslöste, stand Mondlicht hinter ihr und rieb ihren Kopf an Lunas Rücken. Und wenn Luna sich ausruhte, legte Mondlicht sich zu ihr, damit sie sich aneinanderkuscheln konnten.

Jun war oft unterwegs seit Lunas Ankunft. Vielleicht fiel das Nilla nur deshalb so auf, weil sie selbst auf einmal so viel zu Hause war und vor Langeweile fast umkam. Statt wie sonst ihre Tage bei Windtänzer und ab und zu mit Unterricht zu verbringen, Krebse zu fangen, Wurzeln und Kräuter zu sammeln und Drachenfrüchte zu ernten, saß sie missmutig in der Hütte und hatte viel Zeit zum Nachdenken. So wunderte sie sich, warum der Meister ständig mit der Heilerin und Lehrerin Kaitlin und der Dorfältesten Annui die Köpfe zusammensteckte.

Angeblich ging es um die Vorbereitungen für das Fest, aber sie konnte sich nicht erinnern, dass Jun jemals so viel deswegen zu tun gehabt hätte. Eigentlich war es doch immer dasselbe und alle hatten ihre angestammten Aufgaben. Nilla fragte sich, was es da auf einmal so ausführlich zu besprechen gab, und das fragte sie natürlich auch Jun. Doch der zuckte nur die Achseln und meinte ausweichend: „Dies und das."

Nilla hasste Geheimnisse, zumindest wenn es nicht *ihre* waren. Das machte sie schier wahnsinnig und sie konnte nicht eher ruhen, bis sie alles herausgefunden hatte. Ihre eigenen Geheimnisse dagegen liebte sie: ihren Geheimplatz am Fluss zum Beispiel oder dass sie mit dem Wind Wettrennen austrug.

Nillas einzige Ablenkung war Tommo. Wann immer Jun fort war und Luna schlief, stahl sie sich zu ihm in die Schmiede hinüber und er erzählte ihr den neuesten Klatsch und Tratsch oder machte Witze und tat, als hätte er sich mit dem Hammer getroffen, und sprang mit künstlichem Fluchen im Kreis. Nilla musste dann immer so sehr lachen, dass sie Schluckauf bekam. Und darüber musste Tommo wiederum sehr lachen.

Am dritten Tag hatte er aufregende Neuigkeiten:

„Stell dir vor, Nilla“, wisperte er. „Es sind Fremde im Dorf aufgetaucht und haben sich in der Dorfschenke einquartiert. Das errätst du nie!“

„Wetten doch?“, rief Nilla, aber dann fiel ihr nichts ein. Nachdenklich kaute sie auf ihrem Fingernagel, während Tommo triumphierend grinste.

Da ertönte von draußen das Klappern von Hufen – vielen Hufen. Tommo versuchte noch, es mit kräftigen Schlägen seines Schmiedehammers zu übertönen, doch zu spät. Nilla lief schon ans Fenster und riss die Augen auf.

Draußen ritten weiß gekleidete Frauen mit langen, wallenden Haaren und silbergrau schimmernden Umhängen über die Dorfstraße Richtung Pferdewiese.

„Eins, zwei, drei … sieben“, zählte Nilla. „Sind das … sind das Kronreiterinnen?“ Ihre Stimme hatte einen ehrfürchtigen Tonfall.

„Mist!“, maulte Tommo, der neben sie getreten war. „Jetzt ist meine schöne Überraschung futsch.“

Nilla hatte jedoch nur Augen für die Pferde der Kronreiterinnen. Der Anblick der edlen Rösser, allesamt schlanke graue Stuten, allesamt auffallend groß und mit seidigen Mähnen, raubte ihr den Atem.

Erst als sie außer Sichtweite waren, drehte Nilla sich zu Tommo um. „Was wollen die Reiterinnen der Stadtgarde von Windhoka hier bei uns?“, flüsterte sie.
Tommo zuckte mit den Schultern. „Keine Ahnung. Im ganzen Dorf herrscht Aufregung deswegen. Aber niemand scheint etwas zu wissen. Oder die, die etwas wissen, verraten nichts.“
Nilla spürte, wie ihr Herz noch immer aufgeregt pochte. Nur allzu gern wäre sie sofort losgelaufen und hätte herumgeschnüffelt, aber sie saß ja zu Hause fest …

Im Laufe des Tages wurde Nilla immer unruhiger. Windtänzer hatte sich kein einziges Mal mehr blicken lassen. Wahrscheinlich erinnerte er sich noch zu gut an den zerbrochenen Krug.
Nilla vermisste ihn schrecklich. Windtänzer, nicht den Krug. Ein paarmal trat sie vor die Tür und sah Richtung Pferdewiese.
Draußen über dem Meer hatten sich Wolken zusammengeschoben und türmten sich immer höher. Sie sahen aus wie sich aufbäumende Pferde. „Steigende-Pferde-Wetter“ nannten die Dorfbewohner das, wenn sich so eine geballte Dunkelheit zusammenzog, die zu

brodeln schien und in der vereinzelt Blitze zuckten, während darunter die See silbern glitzerte.
Nilla sah Windtänzer vor ihrem inneren Auge, wie er mit fliegender Mähne zwischen den anderen Pferden galoppierte. An solchen Tagen wogten nicht nur Wolken und Wellen wild, sondern auch die Pferde hatten eine Unruhe in sich und einen besonders ausgeprägten Bewegungsdrang. Oft sprengten sie dann im Verband über die Insel – durch grüne Täler, über schwarze Lava- und Geröllfelder und endlose Strände – und blieben halbe Tage verschwunden, um erst in den Abendstunden, wenn der Wind langsam einschlief, auf die Wiese zurückzukehren.
Jun hatte dann als Windfütterer alle Hände voll zu tun. Während die Dörfler zusätzliche Steine auf die Dächer ihrer Hütten legten, damit sie nicht abgedeckt wurden, stellte er kleine Schalen mit Blüten, Mehl und Salz auf Fensterbretter und die höchsten Dächer. Dazu murmelte er Beschwörungsformeln oder sang leise Lieder, um den Wind milde zu stimmen, damit dieser die Wolkentürme nicht zur Insel hin-, sondern davon wegtrieb und sich die Gewitter über dem Meer entluden.
Normalerweise half Nilla immer mit, denn sie konnte

klettern wie ein Affe. Doch diesmal hatte der Meister nur Tommo mitgenommen. Nilla sollte einmal mehr bei Luna bleiben, dabei war sie bei diesem Wetter so unruhig wie die Pferde und fühlte sich so eingesperrt, dass sie es kaum mehr aushielt. Es war einfach nicht fair: Jun war ständig unterwegs, sogar mehr als sonst.

*Er* durfte außer Haus gehen.

*Er* hatte ein Treffen hier und eine Besprechung dort.

*Er* kletterte auf Dächer und betörte den Wind.

Und sie? Sie sollte zu Hause hocken.

Nachdem Luna den ganzen Nachmittag wach gewesen war – länger am Stück als je zuvor –, war sie nun wieder eingeschlummert. Mondlicht schlief zwar nicht, lag aber ebenfalls im Stroh, sodass Luna sich an sie schmiegen konnte.

Nilla betrachtete das schlafende Mädchen eine Weile, während draußen der Wind ums Haus wirbelte, sein lustiges Lied pfiff und den Muschelvorhang klimpern ließ. „Luna?“, fragte sie leise und räusperte sich. Doch Luna wachte nicht auf. Nilla seufzte.

„*O Wind, des Himmels Kind, sei gnädig uns, die wir hier unten sind …*“, stimmte sie eines der Lieder an, die Jun bei solchen Gelegenheiten dem Wind sang – vielleicht gerade in diesem Moment. „… *wehst ausgelassen, stürmst durch die Gassen, lässt dich nicht fassen, lässt dich nicht bezwingen. Ich kann nur singen …*“

Sie sah zu Luna hinüber. Nicht einmal davon wachte sie auf.

Dafür schlug draußen der Wind nun mit den Ästen des Granatapfelbaums an die Hütte, als würde er mit Fäusten dagegentrommeln, um Nilla zum Hinauskommen zu bewegen.

Nilla nahm eine lange goldene Haarsträhne von Luna und kitzelte sie damit an der Nase.

Noch immer nichts. Das Mädchen schlief fest und tief.

Da traf sie eine Entscheidung. Sie band sich ein Tuch ins Haar und schlüpfte in ihre Sandalen.

Mondlicht guckte ihr aufmerksam zu. Nilla beugte sich zu ihr hinunter. „Versprichst du mir, dass du gut auf Luna aufpasst?“, bat sie.

Sie sah das Pferd an und das Pferd sah sie an. Es bewegte den Kopf ein wenig, als würde es nicken, und schnaubte leise.

„Ich verlass mich auf dich“, flüsterte Nilla und zwinkerte Mondlicht zu.

# Von Feuergeistern und Rauchtrollen

Als Nilla völlig außer Atem an der Pferdewiese ankam, war die ganze Herde wieder dort versammelt. Sie sah Windtänzer schon von Weitem. Übermütig galoppierten er und Ikarus um die anderen herum und spielten Fangen. Ikarus trieb seinen Freund vor sich her und Windtänzer floh in wildem Galopp, vollführte Hopser, buckelte, stieg und trat aus. Dann machte er unvermittelt eine Kehrtwende, drehte den Spieß um und jagte nun seinerseits den fuchsroten Hengst, dessen Mähne im Licht der Abendsonne wie Feuer loderte.

Weiter hinten auf der Wiese grasten die sieben Pferde der Kronreiterinnen. Sie hielten sich ein wenig abseits der Herde, was für Neuankömmlinge nicht ungewöhnlich war. Die anderen nahmen keine Notiz von ihnen, sondern reckten die Köpfe, als Nillas Ruf erschallte.

„Windtänzer!“, schrie Nilla. „Wiiiindtänzer!“ Sie beschleunigte ihre Schritte. Als er sie hörte, ließ er von Ikarus ab und sie stürmten aufeinander zu. Wie hatte sie ihn vermisst! Und er sie anscheinend auch.

Nilla fiel ihm um den Hals und steckte die Nase in sein Fell, während Windtänzer ihr warm in den Nacken prustete. Einen Moment standen sie so da, doch lange hielt es der Hengst nicht aus, dann knuffte er sie in die Seite und stellte sich neben sie.

Nilla lachte.

Er wollte galoppieren?

Er *sollte* galoppieren.

In einer einzigen fließenden Bewegung saß sie auf. Eigentlich hatte sie ihm nur einen kurzen Besuch abstatten wollen, aber jetzt … jetzt konnte sie einfach nicht widerstehen. Weit durften sie allerdings nicht ausreiten. Sie blickte nach Westen, wo die Sonne tief über der Flanke der Bergin stand und die Welt in goldenes Licht tauchte.

Noch ehe Nilla Windtänzer mit einem Schenkeldruck

das Kommando geben konnte, trabte er an und wandte sich genau in die Richtung, für die Nilla sich entschieden hatte: zum Vulkan!

Windtänzer fiel in einen leichten Galopp. Doch es waren mehr als vier Hufe, die Nilla über die Erde trommeln hörte. Als sie sich umwandte, sah sie, dass Ikarus und Juns Apfelschimmel Wolke sich aus der Herde gelöst und ihnen angeschlossen hatten. Beim Anblick von Juns Stute meldete sich sofort Nillas schlechtes Gewissen. So gerne sie richtig mit Windtänzer geredet hätte, war sie manchmal auch sehr froh, dass Pferde nicht sprechen konnten. Die Stute hatte den Kopf gehoben, bedachte sie mit einem strengen Blick und schnaubte ungehalten. Ahnte sie, dass Nilla eigentlich nicht hier sein sollte?

Nilla trieb Windtänzer an. Je eher sie zurück waren, desto besser. Sie durchquerten die weite Ebene, wo das Gras im Wind wogte und in den Senken so hoch wuchs, dass es Windtänzer am Bauch und Nilla an den Waden kitzelte. Mal ritten die beiden voran, mal preschte Tommos Hengst an ihnen vorbei und überholte sie, während Wolke stets die Nachhut bildete. Nilla lehnte sich weit nach vorne, sodass ihr Windtänzers Mähne ins Gesicht peitschte, und schloss für einen Moment

die Augen. Solche kleinen Wettrennen waren genau ihr Ding.
Bald schon gelangten sie an gewaltige Felsbrocken, die eine natürliche Barriere zwischen der Grasebene und dem sich daran anschließenden Tal bildeten. Hier am Übergang vom steileren zum flachen Gelände hatte das Wasser, das nach Regenfällen durch das enge Tal hinabschoss, große Steinbrocken abgelagert. Zwei Kiefern, die sich an den blanken Fels klammerten, markierten wie Wächter einen Durchgang.
Ab jetzt ging es leicht bergan durch das Schmaltal, in dessen Mitte sich eine ausgetrocknete steinige Rinne schlängelte, die sich nach starkem Regen innerhalb von Minuten in einen reißenden Gebirgsbach verwandelte. Immer schneller galoppierten die drei Pferde, immer höher und weiter wurden die Sprünge, mit denen sie über umgestürzte Baumstämme oder Steinbrocken hinwegsetzten, und es dauerte lang, sehr lang, bis ihre Hufe wieder knirschend auf den Kieseln aufsetzten. Nilla juchzte. Nichts ging über dieses Gefühl von Wind und Weite und wunderbar!
Irgendwann ließen sie das Tal hinter sich und erreichten einen Kiefernwald. Unter dem Kronendach war alles

still und dämmrig und ein warmer, würziger Duft hing in der Luft. Der Waldboden war von langen rostbraunen Nadeln übersät, die das Hufklappern verschluckten, sodass nur das Schnauben der Pferde und ab und zu der Ruf eines Vogels zu hören war.

Plötzlich traten die Bäume zurück und gaben den Blick auf den Vulkankegel frei, der majestätisch vor ihnen aufragte. An einem Felsvorsprung parierte Nilla

Windtänzer durch. Auch die beiden anderen Pferde bremsten ab.

Windtänzer bewegte sich unter ihr unruhig von einem Bein aufs andere. Er konnte oft kaum stillhalten vor Übermut und Ikarus ging es nicht viel anders. Wolke hingegen stand mit geweiteten Nüstern da und sah zur Bergin hinüber.

Es war ein überwältigender Anblick. Die Sonne war

bereits zur Hälfte dahinter verschwunden und malte feuerrote und orangegoldene Schlieren an den Himmel. Und noch etwas mischte sich in das Farbenspiel: Vom Krater des Vulkans stieg ein dünner Rauchkringel auf, ehe er im Wind zerstob.

Unzählige Male schon hatte Nilla so etwas beobachtet. Wenn man am Fuße eines Vulkans lebte, dann lebte man eben nicht nur *am*, sondern auch *mit* dem Vulkan. Trotzdem war dieses Eigenleben, das die Bergin führte, immer wieder beeindruckend: Sie konnte grollen und rumpeln, ihren schwefeligen Atem ausstoßen und sogar die Erde zittern lassen. Letzteres kannte Nilla nur aus Erzählungen. Annui mit ihren dreiundsechzig Sommern hatte es als Kind erlebt.

Die Einwohner von Meakamea liebten und fürchteten die Bergin gleichermaßen und erzählten sich Geschichten über sie, wie die von den Feuergeistern und Rauchtrollen, den Kindern des Vulkans, die angeblich im Krater hausten. Meist lag die Bergin friedlich da und schlief. Doch wenn ihre Kinder gar zu laut und garstig stritten, so hieß es, erwachte sie und wurde furchtbar wütend und dann spuckte sie Gift und Galle und Feuer und Asche und Steinbrocken und Lava.

Wenn diese Geschichte abends am Lagerfeuer erzählt wurde, kuschelten sich die kleinen Kinder fester an ihre Eltern und die großen unauffällig an ihre Pferde, sofern die auch da waren. Noch mehr fürchteten die Dorfbewohner aber die Schlucht, die hinter dem Vulkan verlief. Diese hatte Nilla allerdings noch nie aus der Nähe gesehen. Sie lag gar nicht so weit entfernt von ihrem Lieblingsplatz am Fluss hinter gewaltigen Felsen verborgen. Doch es war verboten, dorthin zu reiten, und obwohl Nilla Verbote aller Art zuwider waren: Vor der Wolkenschlucht hatte sogar sie Respekt. Es hielt sich hartnäckig das Gerücht, dass so mancher nicht zurückgekehrt war, der sich dorthin gewagt hatte und damit der anderen Hälfte der Insel zu nahe gekommen war. Nicht einmal die Fischer konnten zu jener Inselseite hinüber, denn die Klippen dort waren steil und sobald die Boote sich der Küste näherten, wurden sie von gefährlichen Strömungen erfasst.
Selbst Windtänzer machte einen großen Bogen um die Schlucht. Da er genauso einen Dickkopf hatte wie Nilla, änderte er einfach die Richtung oder blieb stur stehen und ging keinen Schritt mehr weiter, sobald sie ihr zu nahe kamen. Und weil Nilla wusste, dass er recht

hatte und Pferde einen ausgeprägten Sinn für Gefahren besaßen, zwang sie ihm ihren Willen nicht auf.

Nilla warf einen letzten Blick auf die Bergin. Die Sonne verschwand hinter ihrer Flanke und langsam schob sich der Schatten des Vulkankegels über Nilla. Täuschte sie sich oder sah die Bergin irgendwie anders aus als sonst? Dicker. Mächtiger. Als hätte sie sich aufgeplustert wie ein Vogel bei Kälte.

Nilla fröstelte. „Höchste Zeit, nach Hause zu reiten", sagte sie zu Windtänzer und wendete ihn.

Noch schneller als auf dem Hinweg preschten die vier zurück durch den Wald und weiter talabwärts, bis sie in der einsetzenden Dämmerung schließlich wieder auf der Wiese ankamen.

Für lange Verabschiedungen war diesmal keine Zeit. Nilla drückte Windtänzer ein Küsschen auf die Nase, wuschelte Ikarus durch die Mähne und streichelte Wolke kurz über die Nüstern, wobei sie ihrem Blick auswich. Dann rannte sie nach Hause.

Hoffentlich war Jun noch nicht zurück.

Hoffentlich war Luna nicht aufgewacht.

Hoffentlich war Mondlicht noch da.

Hoffentlich!

# Überredungskunst

Nilla atmete auf, als sie die Hütte betrat.
Jun war noch nicht zurück und Luna und Mondlicht lagen genau so da, wie sie sie verlassen hatte.
Glück muss der Mensch haben – und das Pferd natürlich auch, dachte Nilla. „Gut gemacht“, sagte sie. „Ich wusste, dass ich mich auf dich verlassen kann.“
Mondlicht sah sie aufmerksam an und spitzte die Ohren. Einer plötzlichen Eingebung folgend, beugte Nilla sich hinunter und hielt ihr die Hand hin. Die Stute reckte den Kopf vor, zögerte, zögerte noch etwas länger und dann … schnupperte sie daran. Ihre Nüstern waren unglaublich weich. Nilla ließ ihre Finger darüber gleiten, ganz kurz nur und ganz leicht, und Mondlicht hielt still. Als Nilla sie jedoch zwischen den Ohren kraulen wollte – Windtänzers Lieblingsstelle –, zuckte sie weg.

„Danke jedenfalls", flüsterte Nilla ihr zu und strich sich eine feuchte Strähne aus dem Gesicht. „Der Ausflug muss unser kleines Geheimnis bleiben, ja?"
„Wer hat hier Geheimnisse?"
Im Türrahmen stand Meister Jun und sah Nilla forschend an. Wie machte er das nur, dass bei ihm die Muschelschnüre nicht klimperten wie verrückt?
Nillas Wangen, die vom Reiten und Rennen erhitzt waren, wurden noch röter. „Ähm", sagte sie. „Äh … na gut, dann ist es jetzt wohl kein Geheimnis mehr: Mondlicht hat sich gerade von mir streicheln lassen. Toll, oder?"
Juns Blick verfinsterte sich und seine Brauen ballten sich zusammen wie Wolken. Nilla musste an seine Stute denken, die auch sofort gerochen hatte, dass irgendetwas faul war.
Doch er bohrte nicht weiter nach, sondern trat einen Schritt näher und strich Nilla mit einem Seufzen über den Kopf. „Ach, meine Windstochter", murmelte er. „Ich weiß doch, wie schwer das für dich ist und dass ich viel von dir verlange. Aber es dauert nicht mehr lang, versprochen. Zum Glück erholen Luna und Mondlicht sich gut." Auf einmal sah er müde aus.

Und da schwor sich Nilla, ihn nicht noch einmal anzuschwindeln.

An diesem Abend gingen sie zum ersten Mal seit Lunas Ankunft auf den Dorfplatz. Wie immer hatten sich viele Dorfbewohner ums Feuer versammelt. Elanor war mit ihren vier Söhnen da. Theo schlief auf ihrem Arm und die Zwillinge stritten sich sofort darum, wer auf Nillas Schoß sitzen durfte. Schließlich knobelten sie und der Verlierer musste zu Tommo, der die Augen verdrehte und meinte: „Reizend. Du bist der Hauptgewinn und ich der Trostpreis."
„Tja, jeder, wie er's verdient", sagte Nilla nur grinsend und spielte Hoppe-hoppe-Reiter mit Salu, bis sie beide nicht mehr konnten, während Luna, die als Einzige ihr Pferd dabeihatte, mit Mondlicht kuschelte.
Als es ganz und gar dunkel geworden war und die Funken des Feuers wie Glühwürmchen in den Himmel hinaufstoben, bettelten die Kinder Jun um eine Geschichte an. Meist erzählten er oder Annui. Annui, weil sie so viel erlebt hatte wie sonst keiner im ganzen Dorf, und Jun, weil er so viel wusste – nicht zuletzt aus seinen Büchern.

„Die Legende vom Garten des Windes!“, rief Simo.

„Nein, die von der Königin des Meeres!“, rief die jüngste Tochter der Wirtsleute dazwischen.

„Die von der Verlorenen Herde“, bat Nilla. Sie war eigentlich fast schon ein bisschen zu alt, um sich eine Geschichte zu wünschen, aber diese jagte ihr immer wieder einen Schauer über den Rücken, auch wenn sie jedes Wort auswendig mitsprechen konnte.

Jun schenkte ihr ein kleines Lächeln und begann zu erzählen. „Einst, vor langer, langer Zeit, wurde die Bergin aus dem Schlaf gerissen und das machte sie unglaublich zornig. Sie reckte und streckte sich, dass die Erde bebte, und spuckte Asche und Feuer und glühende Lava hoch hinaus aus ihrem Krater.“

Jun warf die Hände in die Höhe. Seine Stimme war klangvoll und tief, seine Brauen wogten, seine Augen blitzten. „So groß war die Wut der Bergin, dass sich eine gewaltige, unüberwindbare Schlucht auftat und die Insel in zwei Teile riss. Als einzige Verbindung blieb die Himmelsbrücke, gewoben aus Mondschein und Vulkanatem.“ Er machte eine Pause.

„Gibt es die wirklich?“, flüsterte Salu Nilla ins Ohr und auch Luna guckte sie fragend an.

Nilla zuckte mit den Schultern. „Das weiß niemand so genau“, wisperte sie zurück. „Und genauso wenig, wo sie sich befinden soll.“

„Damals“, fuhr Jun fort, „wurden einige Menschen von ihren Pferden getrennt.“ An dieser Stelle keuchten viele der Dorfbewohner auf, so schrecklich war die Vorstellung. „Auch heute noch leben die Nachkommen dieser Pferde auf der anderen, der dunklen Seite: Man nennt sie die Verlorene Herde. Ein finsterer Herrscher, heißt es, hat sie in seiner Gewalt und hält sie gefangen, um seine Lebenskraft aus ihnen zu nähren.“ Das letzte Wort flüsterte Jun nur, während alle den Atem anhielten. Nilla spürte, wie Salu vor Aufregung ihre Hand ganz fest drückte und sie seine. Manchmal, wenn ein Pferd spurlos verschwand und wieder jemand den Wind dafür verantwortlich machte, hatte sie früher, als sie noch klein war, gedacht: Vielleicht hat es ja der böse Herrscher geholt, um seine Verlorene Herde zu vergrößern. Aber gesagt hatte sie das nie zu jemandem. Es war ja nur eine Geschichte. Und inzwischen glaubte sie, dass jemand sie sich ausgedacht hatte, damit sich Mensch und Pferd nie allzu weit voneinander entfernten und sich bei drohender Gefahr auch wirklich alle schleunigst zu

ihren Seelenpferden begaben, um sich gemeinsam in Sicherheit zu bringen. Aber trotzdem … die Legende ging ihr durch und durch.
In dieser Nacht träumte Nilla erst von einer schwankenden Brücke, die sich im Nichts verlor, und dann von endlosen Ausritten und noch endloseren Sprüngen, bei denen sie mit Windtänzer abhob und gar nicht mehr landete, sondern flog wie ein Vogel.

Am nächsten Morgen landete Nilla unsanft in der Hütte, wo ihr ein weiterer Tag im Haus bevorstand, obwohl draußen die Sonne vom wolkenlosen Himmel strahlte. Fürs Windfest war im Moment alles vorbereitet und so blieb ihnen nichts anderes übrig, als zu lernen. Jun stellte ihnen einige Rechenaufgaben, und während Nilla mühsam mithilfe des Muschelabakus zusammenzählte und abzog, wusste Luna die Lösung immer sofort.
Das ärgerte Nilla. Überhaupt war sie langsam ziemlich sauer auf Luna. Schließlich war sie daran schuld, dass Nilla daheimhockte und sich langweilte. Sie wäre sogar freiwillig Krebse fangen und Wurzeln suchen gegangen. Mit jeder Sekunde fühlte sie sich mehr wie eine Gefangene, und wäre sie nicht tags zuvor

mit Windtänzer ausgeritten, wäre sie vermutlich durchgedreht.

Mittags brachte Elanor ihnen einen großen Korb Taschenkrebse und Jun kochte sie in einem Sud aus Kräutern und Wurzeln, bis die ganze Hütte von dem Duft erfüllt war.

Wieder musste Nilla sich über Luna wundern: Anscheinend wusste sie nicht einmal, wie man den Brustpanzer und die Scheren von Krebsen knackte. Nilla beobachtete Luna, wie sie Jun beobachtete. Und Jun beobachtete Nilla, wie sie Luna beobachtete.

„Hast du noch nie Krebse gegessen?“, fragt Nilla.

„Doch, natürlich.“

„Und warum kannst du sie dann nicht knacken?“, hakte Nilla nach. „Lässt du dich sonst immer bedienen, oder wie?“

Luna wurde selbst rot wie ein gekochter Krebs und verschluckte sich. „Wie kommst du denn auf so einen Unsinn?“, japste sie zwischen zwei Hustenanfällen.

„Wisst ihr eigentlich, dass Kronreiterinnen im Dorf sind?“, wechselte Jun abrupt das Thema und klopfte Luna auf den Rücken.

Nilla nickte grummelig. „Tommo hat es mir erzählt.

Selber kriege ich ja nichts mehr mit.“ Das war zwar nicht ganz die Wahrheit, aber Jun sollte ruhig ein schlechtes Gewissen dafür haben, dass sie die ganze Zeit bei Luna bleiben musste. Nilla verschränkte die Arme und schwieg beleidigt. Lange hielt sie es nicht aus. „Ihre Pferde sind wunderschön, oder?“, schwärmte sie mit leuchtenden Augen. „So riesig und schlank und anmutig. Mit ihrem schmalen Kopf und den großen Augen und Nüstern wirken sie unheimlich edel.“

Schlagartig verstummte sie. Mist!

„Soso, die hat Tommo aber genau beschrieben“, meinte der Meister. Mehr sagte er nicht.

Nilla sah ihn zerknirscht an. „Äh, na gut, ich habe sie hier vorbeireiten sehen.“ Dass sie die Pferde auch auf der Pferdewiese beobachtet hatte, musste er nicht unbedingt auch noch erfahren.

„Aha.“ Jun sah sie eindringlich an. Doch dann erschienen um seine Augen kleine Lachfältchen und da wusste Nilla, dass er ihr nicht ernsthaft böse war. „Lust auf Drachenfrüchte?“, fragte er.

„Au ja!“, riefen Nilla und Luna und langten so kräftig zu, dass Jun eine stachelige, goldgelbe Frucht nach der anderen aufschneiden musste.

„Sieht aus, als bräuchten wir Nachschub", meinte er und trocknete sich die Hände am letzten sauberen Leinentuch ab. „Und die Wäsche müsste auch mal wieder gewaschen werden." Jun seufzte.
„Das kann ich doch übernehmen", rief Nilla und ihre Stimme überschlug sich fast vor Eifer. „Ich helfe gern, wenn du so schrecklich viel zu tun hast." Sie legte ihm den Arm um die Schultern und lächelte ihn lieb an. Eigentlich hasste sie Wäschewaschen wie sieben Tage Regenwetter und zum Glück machte das sonst immer Jun, aber inzwischen war ihr alles recht, um rauszukommen. Drachenfrüchte pflückte sie dagegen gern. Sie waren zwar sehr stachelig und man musste höllisch aufpassen, dass man sich nicht pikste, dafür waren sie aber sonnensüß und saftig und machten einen glücklich im Mund. Da sie nur an den allerhöchsten Zweigen der Drachenbäume wuchsen, wurden sie normalerweise von den Erwachsenen geerntet, und als erwachsen galt man erst, wenn man die Lehre abgeschlossen hatte, aber Jun erlaubte es Nilla trotzdem, weil sie so gut klettern konnte.
Jun sah zweifelnd zwischen den beiden Mädchen hin und her. „Und wer bleibt dann bei Luna?"

„Öhm …“, machte Nilla.

„Ich habe doch Mondlicht“, sagte Luna. „Außerdem geht es mir heute schon viel besser. Und Mondlicht auch.“

Es stimmte. Jun hatte am Morgen die Bandagen von Mondlichts Beinen gewickelt und überrascht festgestellt, dass die Wunden der Stute verheilt waren. Und Luna hatte zum ersten Mal ein wenig Farbe im Gesicht.

Nilla warf ihr einen dankbaren Blick zu. Vielleicht war sie ja doch ganz nett.

„Nun gut.“ Jun rieb sich den Bart und nickte. „Dann übernimmst du das heute, Nilla. Aber bleib bitte nicht länger weg als nötig, abgema–?“

Der Rest ging in lautem Jubel unter. Nilla umarmte Jun stürmisch. „Bis später!“, trällerte sie und war schon halb durch den Muschelvorhang.

„Viel Spaß!“, rief Luna.

„Halt, da fehlt was“, rief Jun und warf ihr den Beutel mit der Wäsche zu.

„Ups!“ Nilla grinste. „Fast vergessen.“

# Reinlichkeit und Peinlichkeit

Nilla rannte, so schnell ihre Beine sie trugen. Immer wieder machte sie Hopser wie ein übermütiges Fohlen. Endlich frei – und zwar ganz offiziell, mit Erlaubnis! Ohne darauf achten zu müssen, dass keiner sie sah. Ohne gleich wieder zurück sein zu müssen. Und vor allem ohne schlechtes Gewissen. Dafür mit einem dicken Beutel voller Schmutzwäsche …

Doch davon ließ sie sich die gute Laune nicht verderben. Es war schönstes Wetter und für ein Bad im Fluss würde die Zeit allemal reichen. Vielleicht konnte sie ja sogar Windtänzer dazu überreden oder ihn mit Leckerlis bestechen. Also pflückte sie auf dem Weg zur Pferdewiese noch reichlich Äpfel.

Den ersten verspeiste Windtänzer sofort. Im nächsten Moment drängte sich die halbe Herde um sie und Nilla verteilte großzügig ihren restlichen Proviant. Die Pferde wussten, dass sie immer etwas abgab. Nicht zuletzt deshalb erfreute Nilla sich großer Beliebtheit und alle ließen sich gern von ihr streicheln und füttern. Nur Dexter kam nie. Ihn hätte Nilla aber auch weder gestreichelt noch aus der Hand gefüttert, denn er war dafür bekannt, dass er biss.

Wolke, die Nilla wieder streng beäugte, streckte sie die Zunge raus. „Musst gar nicht so gucken. Heute hat Jun es mir erlaubt, stell dir vor!“, meinte Nilla lachend und schenkte ihr den letzten Apfel.

Dann widmete sie sich ganz und gar Windtänzer. Sie rieben ausführlich ihre Nasen aneinander, Nilla flüsterte ihm erst ins linke und dann ins rechte Ohr, wie lieb sie ihn hatte, und er hielt still und schnaubte nur sacht, als verstünde er jedes Wort. Nach einer Weile schnupperte er neugierig an dem Beutel.

Nilla lachte. „Da ist nichts für dich drin, sondern für mich. Leider. Nämlich ein ganzer Berg dreckige Wäsche.“ Damit saß sie auf. „Deshalb geht es heute auch zum Fluss – zu unserem Geheimplatz.“

Weil York diese Bemerkung mit dem Tuch gemacht hatte, gab Nilla besonders acht, dass er sich nicht an ihre Fersen heftete. Also umrundeten sie das Dorf in einem weiten Bogen und gelangten bald darauf an den Fluss, der sich zwischen großen Steinen hindurchschlängelte. Um manche Felsbrocken herum bildeten sich Wirbel, Stromschnellen und kleine Wasserfälle, nicht höher als Nillas Knie. Dann folgten wieder ruhige Abschnitte mit schönen Badeplätzen. Mal führte der schmale Trampelpfad direkt am Wasser entlang, mal einige Meter oberhalb des Ufers durch so dichtes Gestrüpp, dass der Fluss gar nicht zu sehen, sondern nur zu hören war. Der süße Duft von Lavendel, Rosmarin, Thymian, Zistrosen und Erdbeerbäumen lag in der Luft, winzige lilablaue Schmetterlinge flatterten zwischen den Sträuchern herum und Zikaden sangen ihr schrilles Lied. Immer wieder gab die dichte Vegetation einen kurzen Blick auf den Vulkan frei. Wie am Vortag zeichnete sich eine Rauchsäule vor dem Himmel ab.

„Guck, da herrscht mal wieder dicke Luft zwischen den Feuergeistern und den Rauchtrollen", sagte Nilla zu Windtänzer und grinste. „Erinnert mich irgendwie an dich und Früchtchen."

Bei der Erwähnung des Namens stieß Windtänzer ein Schnauben aus. Früchtchen war Nillas zahmer Gecko, der in den beiden Drachenbäumen an ihrem Geheimplatz wohnte und mit seinen dornenartigen Auswüchsen am ganzen sonnengelben Körper selbst wie eine etwas zu lang geratene Drachenfrucht aussah. Nilla hatte ihn eines Tages beim Drachenfrüchte-Ernten aus Versehen „gepflückt". Plötzlich hatte er in ihrer Hand angefangen zu zappeln und sie wäre damals fast vom Baum gefallen – aber eben nur fast. Sehr zu Windtänzers Leidwesen war Früchtchen zu einem kleinen stacheligen Freund geworden, der nun meist zur Stelle war, wenn sie an den Fluss kamen.

Windtänzer passte es gar nicht, dass der Gecko auf Nillas Bauch in der Hängematte sitzen und mitschaukeln konnte – ein Vergnügen, das *ihm* verwehrt blieb. Um den Kleinen zu ärgern, prustete er ihn oft heiß an oder legte seinen Schweif auf ihn drauf, sodass der Gecko ganz darunter verschwand. Der revanchierte sich damit, dass er seine Zunge hervorschnellen ließ und dem Hengst über die empfindlichen Nüstern schlabberte, was wiederum Windtänzer gewaltig auf die Mähne ging.

Windtänzer sprang über einen umgestürzten

Baumstamm. Gleich dahinter führte ein überwucherter, kaum erkennbarer Abzweig durchs Gestrüpp steil hinab zu ihrem Geheimplatz, wo das Flussufer sehr flach und breit war.

Hier konnten sie ganze Tage verbringen. Windtänzer galoppierte auf der Kiesbank herum, ritt durchs Wasser und badete mit Nilla. Am liebsten jedoch schaukelten sie zusammen. Nilla lag dann in der Hängematte, die zwischen den Drachenbäumen aufgespannt war, und Windtänzer stupste sie an.

Nilla saß ab und hielt Ausschau nach Früchtchen. Manchmal sonnte er sich auf einem Stein am Ufer, manchmal saß er oben in den Drachenbäumen und mampfte, was man daran erkannte, dass Schalenreste heruntersegelten und Saft herabtropfte – und wenn man ganz genau hinhörte, auch an einem leisen Schmatzen.

„Hallo! Früchtchen!“, rief Nilla. „Wir sind’s.“ Sie legte den Kopf in den Nacken und blickte zu den zwei Drachenbäumen hinauf, die mit den stark verzweigten Stämmen und ausladenden Kronen an gigantische Pilze mit grünem Stachelhut erinnerten. „Hallo? Jemand zu Hause?“, rief sie noch einmal. Als sich nichts rührte, zuckte sie mit den Schultern. „Schade.“

Unschlüssig guckte sie zum Wasser. Sollte sie gleich waschen oder lieber ein bisschen in die Hängematte? Aber da kam ihr wieder Wolkes strenger Blick in den Sinn und sie beschloss, erst ihre Arbeit zu erledigen und dann mit Windtänzer zu spielen.
Während der Hengst am Ufer graste und eifrig Lavendel futterte, öffnete sie seufzend den Beutel, weichte die Wäsche ein und bearbeitete sie mit einem Stück Seife. Bei Lunas Kleid rieb sie nur den Stoff gegeneinander, die anderen Sachen schrubbelte und rubbelte sie über einen rauen Stein, sodass es kräftig schäumte und der Dreck sich löste.
Anstrengend war das. Nach kurzer Zeit schon taten ihr die Arme weh und ihr wurde ordentlich heiß. Deshalb war sie gar nicht böse darüber, dass Windtänzer, dem langsam doch langweilig wurde, immer wieder so dicht an ihr vorbeisprengte, dass sie von oben bis unten nass gespritzt wurde.
Als sie endlich das letzte Leinentuch auf einem großen Stein auslegte, war Lunas Kleid schon fast trocken. Und mitten darauf thronte Früchtchen, der auf dem himmelblauen Stoff leuchtete wie die Sonne selbst.
„He!“, rief Nilla und versuchte, den Gecko zu

verscheuchen. „Ksch-ksch! Das ist frisch gewaschen. Weg da mit deinen schmutzigen Pfoten und deinem Schlabber-sabber-Maul!“

Windtänzer wollte ihr helfen und ihn mit der Schnauze wegstupsen, woraufhin Früchtchen ihm auf die Nase sprang, übers Gesicht kletterte und ihm aus nächster Nähe in ein Auge glotzte. Das machte Windtänzer ganz verrückt und er warf den Kopf hin und her, um den Gecko loszuwerden.

Nilla schüttelte den Kopf über die beiden und sah nach, ob Früchtchen Flecken auf den Stoff gemacht hatte. Zum Glück nicht. Andächtig strich sie darüber. Ein Kleid wie dieses hatte sie noch nie zuvor gesehen. Es wirkte unglaublich kostbar. Wieso besaß Luna so etwas? Einer plötzlichen Eingebung folgend hielt sie es vor sich hin und tänzelte von einem Bein aufs andere, drehte sich im Kreis, dass der Rock sich bauschte, und stellte sich vor, sie wäre auf einem Ball im Windpalast.

„Darf ich bitten?“, kicherte sie und verbeugte sich vor Windtänzer, der den Gecko inzwischen abgeschüttelt hatte und nun seinerseits den Kopf tief vor ihr senkte. Dann drehte er sich ebenfalls im Kreis und seine Hufe klapperten auf dem Kies einen Rhythmus. Immer ausgelassener wirbelte Nilla um ihn herum, wiegte sich im Takt der Hufschläge und sang dazu:

*Das ist der Pferdetanz,*
*na klar, ich kann's!*
*Du kannst es auch,*
*komm, wir wackeln mit dem Bauch.*
*Wir schütteln unsre Mähne,*
*eine jede Strähne!*
*Wir wackeln mit dem Po*
*und das geht so!*

Daraufhin wandte sie Windtänzer den Rücken zu und wackelte mit dem Hinterteil und er schüttelte den Kopf und wieherte, als würde er lachen. Ja, es klang richtig wie ein Kichern. Windtänzer liebte es, wenn sie herumalberten. Nilla stimmte mit ein. Manchmal hatte sie das Gefühl, Windtänzer würde doch jeden Moment anfangen zu sprechen.

„Hach, ich bin so vornehm. Ich spreize den kleinen Finger beim Essen ab und beim Tanzen auch, tüdeldität!", japste sie und spreizte den kleinen Finger ab.

Das Kichern wurde lauter.

Nun begann Nilla doch, sich zu wundern, und sah sich um. Und da, zwischen Erdbeerbäumen und Zistrosen … standen Luna und Mondlicht.

Schlagartig verstummte Nilla und ließ das Kleid sinken.

Luna lächelte noch immer. Es sah nett aus.

Am liebsten wäre Nilla im Boden versunken. Sie spürte, wie die Hitze ihr über den Hals bis in die Wangen hinaufkroch. Eigentlich wollte sie sich entschuldigen, wollte sagen, dass es ihr leidtat, aber dann kam etwas ganz anderes aus ihrem Mund. „Was macht ihr hier? Das ist *unser* Geheimplatz!“, platzte es aus ihr heraus. Haltsuchend legte sie Windtänzer die Hand auf den Rücken. „Wie habt ihr uns überhaupt gefunden? Schnüffelt ihr uns nach, oder was?“

Da erlosch Lunas Lächeln. Wortlos wendete sie Mondlicht und ritt mit ihr davon.

Windtänzer und Nilla sahen den beiden hinterher.

„Stimmt doch“, sagte Nilla. „Es ist *unser* Geheimplatz. Da haben die nichts verloren. Oder?“ Ihre Stimme klang kleinlaut.

Windtänzer guckte sie bloß an.

# Schreck, lass nach!

An diesem Abend hing die schlechte Laune wie eine Gewitterwolke über der Hütte.

Nilla starrte auf ihren Teller.

Luna starrte auf ihren Teller.

Mondlicht starrte auf ihr Heu.

Von Nilla ließ sie sich nicht mehr streicheln, sondern blickte sie nur aus ihren schwarzen Augen finster an – und sie konnte sehr, sehr finster blicken.

Jun beobachtete die drei eine Weile, dann räusperte er sich. „Ich habe gute Neuigkeiten“, verkündete er. „Mondlicht und Luna, ihr zwei seid jetzt wieder ziemlich bei Kräften. Ab morgen dürft ihr raus. Und du, Nilla, kannst den beiden die Umgebung zeigen. Die *nähere* Umgebung wohlgemerkt.“

Warum immer ich?, hätte Nilla am liebsten gerufen.

Konnte das nicht jemand anders übernehmen? Mit Luna am Bein konnte sie wahrscheinlich nur im Schneckentempo reiten.

Doch noch ehe Nilla etwas erwidern konnte, sah Jun sie eindringlich an. „Aber ihr müsst immer schön zusammenbleiben“, schob er hinterher.

Nilla atmete geräuschvoll aus und nickte, obwohl sie innerlich die Augen verdrehte.

„Und reitet nicht zum Vulkan.“

Diesmal nickte Nilla nicht, sondern machte: „Hä?“ Sie war wirklich einsilbig.

Jun wiegte den Kopf hin und her. „Die Bergin gefällt mir zurzeit nicht.“

Nilla verschränkte die Arme. Dabei war Bergaufreiten doch so ein gutes Training und sie hatte schon genug wertvolle Zeit verloren.

Wenigstens mit der Langeweile war es nun vorbei und die Mädchen zogen jeden Tag mit ihren Pferden los. Ab und zu trug ihnen Meister Jun auch kleine Aufgaben wie Wurzeln- oder Kräutersammeln auf.

Davor hatten sie vormittags meist noch Unterricht unter der großen Platane am Dorfplatz, wobei Nilla widerwillig feststellte, dass Luna den gar nicht brauchte. Sie schien bereits alles zu wissen, was Kaitlin ihnen beibrachte. Die Lehrerin tat, als falle es ihr nicht auf, die anderen Kinder warfen Luna jedoch Blicke zu und tuschelten hinter ihrem Rücken.

Am ersten Tag durchstreiften Nilla und Luna das weite Grasland um die Pferdewiese. Die Tiere der Herde lugten neugierig in ihre Richtung, doch Mondlicht hielt, ähnlich wie die Stuten der Kronreiterinnen, einen gehörigen Abstand zu den anderen Pferden.

Am zweiten Tag ritten sie zu Nillas Stelle am Fluss, die den Namen Geheimplatz jetzt ohnehin nicht mehr verdient hatte. Mondlicht erschreckte sich furchtbar vor Früchtchen, und Nilla sogar auch, weil der Gecko diesmal in ihrer Hängematte auf sie gewartet hatte und sie sich fast auf ihn gesetzt hätte. Nilla kreischte auf, Früchtchen sauste mit drohend aufgestelltem Nackenkamm wie verrückt im Kreis, um sich abzuregen, und Mondlicht scheute und floh mehrere Galoppsprünge weit, bevor Luna sie beruhigen konnte.

Auf ihren ersten Ausritten galoppierte Mondlicht merkwürdig unrund. Wann immer sie jemandem begegneten – sei es anderen Dorfbewohnern oder den

Kronreiterinnen, die ihnen fast täglich über den Weg ritten –, zog der Gang der schwarzen Stute die Blicke auf sich, auch wenn niemand etwas sagte. Doch mit jedem Tag lief sie besser und sie konnten größere Strecken zurücklegen.

Mit Tommo machten sie einen ihrer weitesten Ausflüge zum Garten des Windes, einem spärlich bewachsenen Labyrinth aus roten Lavafelsen, die der Legende nach der Wind hier verstreut und zu eigentümlichen Gestalten geschliffen hatte. Ein Fels hatte die Form einer gigantischen Meeresschildkröte, ein anderer erinnerte an einen Pferdekopf, ein dritter an einen Seehund, der sich auf die Vorderflossen stützte.

Luna und Mondlicht staunten nicht schlecht über die bizarren Felsformationen. Sie staunten aber genauso sehr über die alltäglichsten Dinge: Eichhörnchen, die hoch oben durchs Geäst turnten, Eidechsen, die über den Weg flitzten, Spechte, die lautstark gegen Baumstämme klopften. Und *staunen* war noch gewaltig untertrieben. Mondlicht erschrak vor allem und jedem. Jeder dürre Zweig, der unter ihren Hufen knackte, ließ sie fast steigen und Luna hatte ihre liebe Mühe, sie zu bändigen. Vor allem, weil sie selbst genauso schreckhaft war, auch

wenn sie sich bemühte, sich das nicht anmerken zu lassen.
Nilla, die das alles aufmerksam beobachtete, platzte fast vor Neugier, hakte aber nicht nach. Seit der Sache am Fluss sprachen Luna und sie nur das Allernötigste miteinander – und *über* die Sache am Fluss sprachen sie sowieso nicht. Nilla war es zu peinlich und Luna war verschlossen wie eine Auster.
Wenn Luna überhaupt etwas sagte, dann zu Mondlicht. Sie hatte zum Beispiel lang und breit im Flüsterton auf sie eingeredet, als Nilla ihnen die Perlenbucht hatte zeigen wollen und Mondlicht sich strikt geweigert hatte, auch nur *einen* Huf auf den abschüssigen Pfad die Klippen hinab zu setzen.
In der zweiten Woche versuchten sie es erneut. Nilla wollte endlich wieder zum Strand und dort für das Rennen trainieren. Wie beim ersten Mal scheute Mondlicht. Am Rande der Klippen blieb sie stehen und schüttelte unwillig den Kopf.
Diesmal spornte Luna sie wirklich an. Sie saß ab und streichelte ihr beruhigend die Flanke, obwohl ihre Hände dabei ein wenig zitterten. „Schau mal, wie wunder-, wunderschön die Perlenbucht ist", sagte sie. „Wollen wir

uns das nicht mal aus der Nähe angucken?" Die Stute tänzelte und Luna legte ihre Wange an Mondlichts Kopf. „Na komm, gib dir einen Ruck. Ich laufe auch selber und wir machen ganz langsam, hm? Das ist gar nicht so steil, wie es aussieht." Es klang ein bisschen, als müsse sie sich selbst Mut zusprechen.

Die Stute machte noch immer keinen Schritt.

Nilla verdrehte die Augen.

Da lief Windtänzer los. Er ging ein paar Schritte den steinigen Abhang hinunter, drehte sich um und schnaubte Mondlicht auffordernd an. Mit Bedacht setzte er seine Hufe und zeigte ihr, wie sie es machen sollte. Plötzlich hob Mondlicht einen Vorderhuf und setzte ihn unendlich vorsichtig nach vorne. Erst nachdem sie genau geprüft hatte, dass er sicher stand, wagte sie sich auch den nächsten Schritt vor.

Langsam, ganz langsam, kamen sie zwischen Geröll und Disteln, die sich an die Klippen klammerten, voran. Wenn die Stute nicht mehr weiterwollte, legten sie Pausen ein. Auch Luna wirkte angespannt. Immer wieder blieb sie stehen und tat, als würde sie das Meer bewundern und die gewaltigen Wogen, die heranrollten. Nilla nahm ihr das nicht ab. Auf ganz Maolis gab es wohl niemanden, der älter als drei Sommer war und das Meer nicht kannte wie seine Westentasche.

Unten angekommen umarmte Luna Mondlicht und lobte sie überschwänglich für ihren Mut, während Nilla sich ein Grinsen verkniff. Wenn die beiden gewusst hätten, in welch halsbrecherischem Tempo sie sonst mit Windtänzer hier hinunterstürmte …

Dieses ständige Langsamtun war nichts für Nilla. Es machte sie ganz kribbelig und Windtänzer ging es genauso. Als ihm dann auch noch der Wind durch die Mähne zauste und eine weiße Feder vor ihm durch die Luft segelte, scharrte er mit den Hufen und Nilla konnte ihn kaum noch halten. „Brrr!", rief sie. „Ruhig, mein Wirbelwind, ganz ruhig."

Eine wild-violette Böe rauschte heran und die Feder machte kehrt und streifte erst Nilla und dann Windtänzer an der Nase. Schon seit Tagen strich ihr der Wind um die Beine wie eine Katze, die um Aufmerksamkeit heischte. Nilla wusste genau, was er wollte: mit ihr um die Wette sausen.

Aber das ging nicht. Zum einen hatte sie versprochen, Luna nicht allein zu lassen – und diesmal würde sie sich auch daran halten –, zum anderen durfte Luna nicht erfahren, dass sie sich mit dem Wind Wettrennen lieferte. Also widerstand sie dem Impuls, einfach loszusprengen, und deutete auf eine Stelle, wo sich eine Reihe niedriger Felsen quer über den Strand bis zum Meer hinunterzog. „Dort drüben gibt es besonders viele Muscheln. Da reiten wir hin."

Dort angekommen, schickten sie die beiden Pferde mit einem Klaps auf den Po weg. Sie traten mit ihren Hufen sonst nur die Muschelschalen kaputt oder verletzten sich am Ende noch an den scharfen Kanten. Mondlicht wirkte ein bisschen beleidigt und konnte es gar nicht verstehen, dass sie zur Abwechslung mal nicht an Lunas Rockzipfel hängen durfte. Doch dann folgte sie Windtänzer den Strand entlang.

Die Mädchen sammelten massenhaft Muscheln. Eine nach der anderen wanderte in Nillas Umhängebeutel: rosafarbene, weiße, ockergelbe, große und kleine, längliche und schneckenförmige.

Als die Tasche voll war, setzten sie sich in den warmen schwarzen Sand und sahen Mondlicht und Windtänzer beim Spielen zu.

Windtänzer ging immer ein paar Schritte ins seichte Wasser hinein und wenn eine neue Welle kam, drehte er

sich um und floh mit fröhlichen Hopsern. Das konnte er stundenlang spielen. Immer wieder machte er es der Stute vor, bis sie sich selbst auch ein Stück vorwagte, um dann eiligst vor der nächsten Welle zurückzuweichen. Nach und nach wurde sie mutiger, bis eine besonders große Woge heranrollte und sie nass spritzte. Die beiden schienen richtig Spaß zusammen zu haben.
Nilla musterte Luna aus dem Augenwinkel. Meist gingen Menschen- und Pferdefreundschaften Hand in Hand und Huf in Huf: Wenn sich die Pferde gut riechen konnten, mochten sich auch deren Menschen. Aber bei Luna und ihr schien das anders zu sein.
Später trainierten Nilla und Windtänzer noch eine Weile Springen und setzten immer wieder mit Anlauf über eine Steinreihe hinweg, die aus dem Sand ragte. Nilla lehnte sich weit vor und klammerte sich mit den Schenkeln und den Armen gut an Windtänzer fest, während sie durch die Luft flogen, als wären sie schwerelos. Gewaltige Sprünge waren das, einer weiter und höher als der andere, und es wirkte fast ein bisschen angeberisch, wenn Windtänzer sich nach der Landung mit hoch erhobenem Kopf umwandte, um zu gucken, ob Mondlicht es auch gesehen hatte.

Luna war sitzen geblieben und ließ mit einem merkwürdig faszinierten Gesichtsausdruck den Sand von einer Hand in die andere rieseln, während Mondlicht Windtänzer bewunderte. Zwischendurch sah die Stute sich um und beschnupperte erst eine angespülte Qualle und dann einen kleinen Krebs, der im Seitwärtsschritt vor ihr floh. Als sie ihm nachsetzte, reckte er plötzlich seine Scheren vor und ging zum Angriff über.

„Vorsicht, Mondlicht, mit denen solltest du dich nicht anlegen", rief Nilla ihr noch zu.
Doch zu spät. Der Krebs hatte sie bereits in die Nase gekniffen.
Mondlicht wieherte entsetzt auf und stieg. Mit schreckgeweiteten Augen flüchtete sie zu Luna, die sie fest umarmte und ihr über die Nüstern streichelte.
„Meine arme, arme Kleine!", sagte sie. „Das konnte ja keiner ahnen, dass das Biest dich anfällt."
Nilla schüttelte nur den Kopf über die beiden. Jedes Kind wusste doch, dass Krebse wehrhaft waren!

Es war spät geworden. Während sich Luna und Mondlicht noch Schritt für Schritt den Klippenpfad hinaufkämpften, beschien die tief stehende Sonne die wenigen Wolken von unten und tauchte sie in rotgoldenes Licht.
Nilla war schon oben auf den Klippen und hatte die Arme um Windtänzer geschlungen. „Hoffentlich können wir bald wieder galoppieren wie der Wind", flüsterte sie ihm zu. „Es fehlt mir so! Und außerdem wollen wir doch allen zeigen, was wir draufhaben." Sie schloss die Augen und legte ihre Stirn an seine, in der Hoffnung, er

würde ihr wenigstens ein paar Bilder von ihren wilden Wettrennen zeigen.
Auf einmal hörte sie wie aus dem Nichts Hufe donnern. Direkt auf sie zu. Nilla fuhr herum und fand sich Auge in Auge mit Dexter wieder, der nur einen Fingerbreit vor ihr zum Stehen kam. Während die meisten Pferde ihrem Blick ausgewichen wären, starrte Yorks Hengst sie unverwandt an. Sein Fell glänzte vor Schweiß und seine Flanken hoben und senkten sich heftig.
York lächelte Nilla an und ließ seine weißen Zähne aufblitzen. „Hallo." Trotz des schweren Tongefäßes, das er auf den Rücken geschnallt hatte, saß er mühelos ab. Er löste die Lederriemen und stellte es vor seine Füße. Silbrige Fische glänzten darin. Anscheinend hatte er am Fluss die Reusen der Dörfler eingeholt und so, wie die beiden keuchten, hatten sie zuvor noch kräftig trainiert. Mit einem Kopfnicken deutete York zu Luna und Mondlicht hinab. „Na, habt ihr vier einen gemütlichen kleinen Ausflug gemacht?"
Die Frage an sich klang nicht unfreundlich, doch Nilla hörte den Spott und die Schadenfreude dahinter. Sie beschloss, York einfach zu ignorieren, und wandte sich wieder Windtänzer zu.

„Bringst du deinen Schützlingen schon den schnellen Trab bei oder ist das zu anstrengend für sie?“, sagte der Junge zu ihrem Rücken.
Windtänzer prustete erbost und Nilla drehte sich doch wieder um. Sie war froh, dass Luna außer Hörweite war. „Mondlicht ist gerade erst gesund geworden“, gab sie zurück. „Dafür macht sie ihre Sache sehr gut.“
„Beeindruckend.“ York lachte. „Dann kommt gut heim. Wir drehen noch eine Runde.“
Nilla verschränkte die Arme. „Du weißt genau, dass wir abends nicht mehr losdürfen“, sagte sie. Zum einen sollten die Pferde dann bei ihrer Herde sein, zum anderen konnten sie sich im Dunklen leichter verletzen. York machte eine wegwerfende Handbewegung. „Für ein Pferd wie Dexter gilt das nicht“, meinte er nur. „Sieh ihn dir an. Das ist nicht so ein mickriges Ding, sondern ein kräftiges, stolzes Ross. Außerdem kennen wir hier jeden Stein.“ Damit nahm er das Tongefäß, knallte es vor ihr auf den Boden, saß auf und trieb Dexter an. „Nimm das für mich mit ins Dorf!“, rief er ihr noch zu. „Und immer schön langsam machen!“
Am liebsten hätte Nilla ihm die Fische um die Ohren gehauen oder sie wenigstens stehen lassen, damit er

Ärger bekam, aber über ihren Köpfen kreisten schon zwei Möwen, die nur darauf warteten, sich darauf zu stürzen. „Bei der Verlorenen Herde!“, fluchte sie und hievte das Tongefäß auf ihren Rücken.

# Ein Herz und eine Seele

An diesem Abend ging es das erste Mal seit langer Zeit wieder laut und lustig zu in der Hütte. Nilla berichtete von ihrem Ausflug an den Strand und Luna erzählte, wie mutig Mondlicht gewesen war und wie toll Windtänzer sie unterstützt hatte.

Jun sah die Stute nachdenklich an. „Dann ist sie jetzt wohl bereit", sagte er.

„Bereit wofür?", fragten Luna und Nilla wie aus einem Mund.

„Um über Nacht bei der Herde zu stehen."

Luna riss die Augen genauso weit auf wie Mondlicht, als der Krebs sie gezwickt hatte. „Ich aber nicht!", protestierte sie.

Um Juns Augen erschienen Lachfältchen. „*Du* schläfst ja auch hier in der Hütte.“

Luna schüttelte den Kopf. „Aber … aber ich halte es nicht aus ohne sie. Und Mondlicht hält das auch nicht aus. Und außerdem … Was ist, wenn …?“ Sie verstummte.

„Das haltet ihr sehr wohl aus“, widersprach Jun. „Unterschätze Mondlicht nicht, sie hat viel dazugelernt in den letzten Tagen.“ Er legte Luna eine Hand auf die Schulter und sah sie an. „Hab Vertrauen zu ihr. Pferde darf man nicht einsperren. Sie brauchen …“

„… Himmel und Wind und Weite und eine Herde“, beendete Nilla den Satz für ihn, den sie schon so oft selbst zu hören bekommen hatte. Und gerade deshalb tat Luna ihr trotzdem leid.

Der Abendwind mit seinem türkisblauen Schimmer strich Nilla und Luna sanft um die bloßen Arme und Beine und bauschte ihre Hemden auf. Er raschelte über ihnen in den Zweigen der Apfelbäume und schubste hier und dort eine reife Frucht zu Boden.

Mondlicht schien zu ahnen, dass irgendetwas bevorstand. War sie auf dem Rückweg vom Strand noch mit ungewohnt großen Schritten durch die Gassen stolziert und hatte im Vorübergehen übermütig am Boden liegende Äpfel weggekickt, trottete sie nun mit hängendem Kopf die Dorfstraße entlang und warf Luna fragende Blicke zu.

Jun war nicht mit von der Partie. Er musste zu einer kleinen Versammlung wegen des Windfests, hatte er gesagt.

Je näher sie der Pferdewiese kamen, desto zögerlicher wurden Mondlichts und Lunas Schritte. Der Himmel im Westen leuchtete in einem intensiven Türkis, im Osten funkelten bereits die ersten Sterne und der Dreiviertelmond verwandelte das Grasland in ein wisperndes Silbermeer mit großen und kleinen, hellen und dunklen Pferden darin.

Als Windtänzer sie entdeckte, kam er angetrabt und begrüßte sie freudig. Nilla nahm ihn ein wenig beiseite und kuschelte ausgiebig mit ihm, damit Luna und Mondlicht sich in Ruhe voneinander verabschieden konnten.

Nicht weit entfernt stand Ikarus und graste zufrieden. Juns, Kaitlins und Annuis Pferde fehlten allerdings und auch die edlen Tiere der Kronreiterinnen waren nirgendwo zu entdecken. Waren sie etwa alle bei der Versammlung?

Nilla schüttelte den Kopf. Jun und seine Geheimnisse gingen ihr mittlerweile gehörig gegen den Strich. Was gab es denn da ständig zu besprechen? Und dann auch noch mit den Kronreiterinnen! Sie wollte *auch* wissen, was los war.

Plötzlich nahm ein Plan in ihrem Kopf Gestalt an. Wenn Jun ihr nichts sagte, dann musste sie es eben selbst herausfinden.

Sie würde auch zu dieser Versammlung gehen. Heimlich.

Verstohlen lugte sie zu Luna und Mondlicht hinüber. Luna hatte die Arme um Mondlichts Hals geschlungen und flüsterte ihr etwas ins Ohr. Die Stute hielt ganz still und rieb zärtlich die Nüstern an Lunas Wange.

Als Nilla bemerkte, dass Lunas Rücken ein wenig bebte, guckte sie schnell woandershin. Ihr Blick fiel auf eine seltsame Wolke im Westen, die senkrecht nach oben aufstieg, um dann mit dem Himmel zu verschmelzen. Kam sie etwa vom Vulkan? Eine Rauchwolke dieser Größe hatte Nilla noch nie gesehen.

In diesem Moment preschte Dexter knapp an ihnen

vorbei. „Pass doch auf", rief Nilla und fuhr herum. Nachdenklich sah sie ihm nach. Hoffentlich ließ er Lunas Stute in Ruhe! Sie wandte sich wieder Windtänzer zu und kraulte ihn zwischen den Ohren. „Kümmerst du dich gut um Mondlicht?", bat sie ihn leise.

Er legte den Kopf auf ihre Schulter und schnaubte, was Nilla als ein Ja interpretierte.

Sie räusperte sich. „Ich glaube, wir müssen langsam gehen", rief sie Luna zu.

Luna reagierte nicht, sondern klammerte sich nur noch fester an Mondlicht.

Nilla wartete eine Weile, dann ging sie hinüber und tippte Luna auf die Schulter. „Wir müssen los", wiederholte sie.

Lunas Augen glitzerten verräterisch, genau wie die der Stute, aber vielleicht reflektierten sie auch nur das Licht des Mondes, der nun direkt über der Wiese stand.

Sogar Nilla musste schlucken. Man konnte über Luna und Mondlicht sagen, was man wollte, eines musste man ihnen jedenfalls lassen: Sie waren ein Herz und eine Seele. Selten hatte sie einen Menschen und ein Pferd gesehen, die so sehr aneinander hingen.

Luna gab Mondlicht ein letztes Küsschen auf die Nase.

„Mach's gut, meine Schöne", sagte sie mit zittriger Stimme. „Bis morgen."

Sie waren noch keine fünf Schritte weit gekommen, da tauchte Mondlichts Kopf zwischen ihnen auf.

Luna blieb stehen. „Nein, Mondlicht, du übernachtest hier, bei den anderen Pferden und bei Windtänzer. Der ist doch dein Freund, hm?" Sie lächelte Mondlicht aufmunternd an und führte sie wieder zurück, aber die Stute trottete ihr erneut hinterher.

„Nein, du bleibst", sagte Luna diesmal mit mehr Nachdruck und sah sie fest an.

Mondlicht schüttelte den Kopf.

„Doch", sagte Luna und schob sie sanft weg.

Dann gingen sie. Am Rande der Wiese drehten die beiden Mädchen sich noch einmal um. Mondlicht hatte den schlanken Hals gereckt und sah ihnen nach. Windtänzer stand Schulter an Schulter mit ihr und beknabberte und kraulte ihr Fell und sie ließ es sich gefallen.

Am liebsten hätte Nilla Luna den Arm um die Schulter gelegt, aber sie war sich nicht sicher, ob Luna das wollte. Also ließ sie es bleiben.

Ein Windstoß rauschte heran und warf ihnen zwei dicke

rote Äpfel vor die Füße. Nilla hob sie auf und hielt Luna einen davon hin. Sie nahm ihn wortlos und biss hinein. So gingen sie nach Hause, Schulter an Schulter wie ihre Pferde, kauten und schwiegen. Nur ab und zu unterbrach ein geräuschvolles Zubeißen die Stille.

# Ertappt!

Nilla lauschte in die Dunkelheit. Ohne ihre Stute dauerte es lang, bis Luna in den Schlaf fand. Dabei wollte Nilla doch endlich los zum Dorfplatz. Ihre Finger kribbelten vor lauter Ungeduld und sie zappelte mit den Zehen. Juns merkwürdige Reaktion kam ihr wieder in den Sinn, als sie ihn gefragt hatte, was die Gesandten der Königin eigentlich hier wollten. Und was hatte es mit Luna und Mondlicht auf sich?
*Mondlicht hat viel dazugelernt in den letzten Tagen.* Was genau hatte Jun damit gemeint? Sicher, die Stute war nicht mehr so extrem schreckhaft, entwickelte langsam mehr Ausdauer und galoppierte deutlich besser. Aber das lag doch bestimmt nur daran, dass sie verletzt und krank gewesen war und sich nun langsam erholte. Oder etwa nicht?

Wieder horchte Nilla in die Stille. Ab und zu entfuhr Luna ein Seufzen und Nilla fragte sich, ob sie vielleicht weinte. Ihr blaues Kleid hielt Luna an sich gedrückt und sie hatte ihren Kopf genau auf die Stelle im Stroh gebettet, wo sonst immer Mondlicht lag.

Irgendwann wurde Luna ruhiger und ihr Atem ging regelmäßiger. Nilla wartete noch kurz, um ganz sicherzugehen, dann stand sie auf, schlich auf Zehenspitzen zum Ausgang und schob sich unendlich langsam durch die Muschelschnüre. Draußen zog sie ihre Sandalen an und huschte davon.

In den meisten Hütten war es bereits dunkel. Nur aus ein paar wenigen fiel noch Kerzen- oder Feuerschein und malte helle Muster auf den sandigen Weg.

Über Nilla spannte sich der Sternenhimmel wie ein schwarzer Strand, der mit schimmernden Perlen übersät war. Im Osten stand das Gestirn der Steigenden Stute und direkt daneben das Kleine Fohlen. Mitten hindurch lief hell die Perlenstraße und teilte den Himmel in die Nördliche und die Südliche Weide.

Doch Nilla hatte keinen Blick für die Schönheit der Sternbilder. Mit pochendem Herzen hastete sie durch die leeren Gassen. Als sie sich dem Dorfplatz näherte, hörte sie Stimmen. Im Schutz einer Hütte schlich sie sich an und lugte um die Ecke.

Unter der mächtigen Platane in der Mitte des Platzes saßen Jun, Kaitlin, Annui und die Kronreiterinnen ums Feuer versammelt und steckten die Köpfe zusammen. Ihre Pferde standen zum Teil bei ihnen, zum Teil liefen sie umher und bedienten sich an einem Haufen Heu oder tranken aus großen Eimern. Wolke stand direkt hinter Jun und sah ihm über die Schulter, als wolle sie mitreden.

Es war eine lebhafte Diskussion im Gange, wenngleich alle nur mit gedämpfter Stimme sprachen. Kaitlin sagte etwas und Jun nickte zu ihren Worten, während Annui dasaß wie eine Statue und alles ohne eine Regung aufnahm. Eine der Kronreiterinnen dagegen rang die Hände und ergriff das Wort und auch die Mienen der anderen sechs wirkten besorgt. Was genau gesprochen wurde, konnte Nilla jedoch nicht verstehen.

Suchend sah sie sich um. Sie musste näher ran! Nur wie? Die Hütten, die im Kreis um den Dorfplatz angeordnet waren, waren zu weit weg, um von dort aus etwas mitzubekommen. Und außer der Platane gab es keinerlei Bewuchs, hinter dem sie sich hätte verstecken können.

Nachdenklich betrachtete sie das gewaltige Kronendach des Baums. Ihr Blick wanderte die dicken Äste entlang zur Hütte des alten Schneiders, die leer stand, seit er und sein Pferd letzten Sommer gestorben waren. Von dort fiel ihr Blick auf einen Holzstoß an einer Seitenwand. In ihrem Kopf nahm ein Plan Gestalt an. Es war ein gewagter Plan, aber Nilla zögerte nicht. Wenn sie etwas in Erfahrung bringen wollte, musste sie schnell sein. Schon huschte sie auf der Rückseite der Hütten zum Haus des Schneiders hinüber, erklomm den Holzstapel und kletterte von dort aufs Dach. Es war nicht viel anders, als wenn sie Jun half, den Wind zu betören, nur dass sie das nie bei Dunkelheit machten.

Vorsichtig kroch Nilla über das Dach bis zu der Stelle, an der ein besonders langer und dicker Ast der Platane sich darüberstreckte wie ein schützender Arm. Der Wind frischte auf und ließ die Blätter rascheln. Nilla schmunzelte. Es war fast, als wolle er ihr helfen, sich unbemerkt anzupirschen. Sie zog sich auf den Ast hinauf und schob sich wie eine Eidechse leise in Richtung Stamm. Weiter und immer weiter arbeitete sie sich vor, bis sie sich fast direkt über den Köpfen der Kronreiterinnen befand.

„Ich weiß nicht“, sagte eine der Kronreiterinnen gerade. „Gehen wir damit nicht ein zu großes Risiko ein?“ Die anderen sechs nickten dazu.
„Natürlich ist es riskant“, erwiderte Jun. „Aber alles andere geht gegen die Natur. Man kann nicht alles kontrollieren … wie man ja gesehen hat.“
„Früher oder später müssen sie sich daran gewöhnen“, pflichtete Kaitlin ihm bei.
Nilla robbte noch näher. Wer musste sich an was gewöhnen? Ob von Mondlicht und Luna die Rede war?
Die Kronreiterinnen wirkten noch nicht überzeugt. „Wir halten es nach wie vor für zu gefährlich.“
Da schaltete sich Annui ein. Das tat sie äußerst selten, doch wenn sie etwas sagte, hatte ihr Wort Gewicht. „Es wird immer ein Risiko bleiben“, erklärte sie. „Dennoch muss es sein. Je eher, desto besser. Ihr habt doch auch gesehen, wie gut es vorangeht.“
„Ja, schon.“ Die Kronreiterinnen nickten widerstrebend.
„Gut, dann sind wir uns ja einig“, sagte Annui.
Die Kronreiterinnen sahen sich an. Eine Weile war nur das Knirschen von Hufen im Sand und das Knistern des Feuers zu hören. Ab und an wirbelten Funken bis ins dichte Blattwerk zu Nilla hoch, ehe sie verglommen.

„Und was ist, wenn sie ausbricht?“, fragte dann eine der Kronreiterinnen.

Nilla hielt die Luft an. Hatten sie Angst, dass Mondlicht ein zweites Mal weglaufen könnte? Das wäre einfach schrecklich!

Eine neuerliche Windböe ließ die Blätter zittern und murmeln und übertönte die Stimmen. Der Ast, auf dem Nilla kauerte, wankte ein wenig und sie klammerte sich fester daran. Als der Wind endlich abflaute, brachen zwei der Kronreiterinnen auf und Hufklappern wurde laut, sodass Nilla wieder nichts hörte. Sie fluchte leise und wartete.

„… macht mir wirklich Sorgen“, drang es zu ihr herauf.

„… kein Grund … Sie raucht schließlich öfter.“ Kaitlin zuckte mit den Schultern.

„Stimmt.“ Jun nickte. „Allerdings geht das jetzt schon ungewöhnlich lang so. Die Pferde sind auch unruhig. Wenn ich in den letzten Tagen mit Wolke unterwegs war, hat sie versucht, das Gebiet zu meiden.“

Jetzt verstand Nilla gar nichts mehr. Ging es um etwas Neues oder immer noch um dasselbe?

Kaitlin warf Jun einen erstaunten Blick zu. „Sie hat sich geweigert, dorthin zu reiten?“

Jun lächelte Wolke an, die den Kopf zu ihm neigte. „Nein, aber sie musste sich überwinden“, erklärte er. „Sie spürt, dass da etwas im Gange ist, nicht wahr, meine Schlaue?“ Er verstummte kurz und streichelte nachdenklich Wolkes Nüstern. „Es kommt mir vor, als hätte die Bergin sich verändert. Als wäre sie dicker geworden.“

Nilla sog die Luft ein. Es ging um die Bergin! Und Jun hatte es also auch bemerkt!

Plötzlich spürte sie ein merkwürdiges Kribbeln an der Stirn und fuhr sich mit der Hand darüber. Vielleicht war es ein Blatt, das sie da kitzelte?

Nein. Es war Wolkes Blick, der auf ihr ruhte. Mit gespitzten Ohren starrte die Stute durchs Geäst zu ihr nach oben. Ihre Augen waren so blaugrün wie die von Jun und ebenso wach und klug.

Nilla erstarrte. Bei der Verlorenen Herde! Wolke hatte sie entdeckt! Und jetzt? Konnte sie es riskieren, einfach hierzubleiben und weiter zu lauschen?

Doch Wolke hatte offenbar etwas dagegen. Sie schnaubte.

Einmal.

Zweimal.

Es klang streng.

Oben zog Nilla den Kopf ein und hielt ganz still. Unten rumorte Wolke. Sie war einen Schritt zurückgetreten, sodass sie Nilla durch eine Lücke im Geäst besser sehen konnte, aber diesen Blick hätte man auch durch meterdicke Höhlenwände gespürt.

Jun kraulte dem Apfelschimmel die Nüstern. „Was ist los?“, fragte er und folgte Wolkes Blick. Im Mondschein konnte er durch das dichte Blattwerk nichts erkennen. Lange würde das jedoch nicht gut gehen. Nilla biss sich auf die Unterlippe. Was würde Jun sagen, wenn er sie ertappte? Was würden Kaitlin und Annui von ihr denken? Und die Kronreiterinnen? Es wäre einfach nur peinlich. Und schrecklich. Schrecklich peinlich!

Kaum merklich nickte Nilla der Stute zu – *schon gut, schon gut!* – und setzte sich behutsam wieder in Bewegung. Im Rückwärtsgang schob sie sich über den Ast zurück in Richtung Hütte. Wann immer sie einen Blick nach unten riskierte, sah sie, dass Wolke sie nicht aus den Augen ließ. Es war zwecklos … Geschmeidig wie eine Wildkatze ließ Nilla sich von dem Ast aufs Dach herab, von dort auf den Holzstapel und sprang zu Boden. Unten wurde sie von Wolke in Empfang genommen.

Vor Schreck machte Nilla einen Satz. „Was tust du hier?“, wisperte sie.
Wolke prustete belustigt, als wolle sie sagen: *Die Frage ist ja wohl eher, was du hier tust.* Auffordernd sah sie Nilla an und gab ihr mit der Nase einen Stups. *Abmarsch.*
Nilla seufzte leise. Dann machte sie sich auf den Heimweg. Wolke wich nicht von ihrer Seite.
Vor der Hütte blieb Nilla stehen. „Du kannst echt eine ganz schöne Nervensäge sein“, sagte sie zu der Apfelschimmelstute, die daraufhin ihre Nüstern zärtlich an Nillas Schulter rieb. Gegen ihren Willen musste Nilla lächeln. „Ich hab dich doch auch lieb“, flüsterte sie Wolke zu. „Und danke, dass du mich nicht verpetzt hast.“ Sie hauchte ihr ein Küsschen ins Ohr und verschwand durch den Muschelvorhang.
Drinnen legte sie sich neben Luna ins Stroh und lauschte noch eine Weile mit angehaltenem Atem. Draußen war alles still. Nicht einmal das leiseste Hufklappern war zu vernehmen. Vermutlich stand Wolke noch immer vor der Hütte und gab acht, dass Nilla nicht wieder auf dumme Ideen kam. Sie war wirklich eine Nervensäge. Und sehr, sehr klug.

# Im Schatten der Bergin

Am nächsten Morgen bekam Nilla kaum die Augen auf. In der Nacht hatte sie wirres Zeug von glühender Lava geträumt, die sich über Hänge und durch Täler hinabwälzte, ehe sie zischend ins Meer stürzte, und dazu waren Nilla ständig die Wörter „gefährlich“, „Risiko“ und „ausbrechen“ im Kopf herumgespukt.

Als sie beim Frühstück den Kopf auf die Tischplatte legte, warf Jun ihr einen strengen Blick zu, und als das nicht reichte, kitzelte er sie, bis sie sich halb widerstrebend und halb lachend wieder aufrecht hinsetzte.

Luna dagegen löffelte ihren Brei in Rekordzeit. Sie wollte so schnell wie möglich zu Mondlicht. Weil

Nilla bei ihr bleiben sollte, musste sie wohl oder übel hinterherrennen.
Und so bemerkte sie nicht, dass der Himmel eine seltsam gräuliche Färbung angenommen hatte, als hätte er sich im Dreck gewälzt wie ein Pferd. Sie sah auch nicht, dass Jun besorgt nach Westen blickte und dann behände auf das Dach der Hütte stieg. Und sie hörte nicht den alarmierten Schrei, den er ausstieß, als er dort oben angekommen war.

Vom Meer schoben sich Nebelschleier über die Pferdewiese und leckten am Gras. Schwer hingen Tautropfen an den Halmen und ließen sie wippen, wenn einer fiel.
Als die Mädchen Mondlicht und Windtänzer entdeckten, die etwas abseits der Herde standen und einträchtig nebeneinander grasten, sauste Luna los. Mondlicht hob den Kopf und stürmte ihr entgegen.
Nilla hatte nicht gedacht, dass Luna so schnell rennen und Mondlicht so schnell galoppieren konnte. Sie sah den beiden lange zu, wie sie sich herzten und aneinanderschmiegten. Schließlich drängte Windtänzer sich mit einem beleidigten Schnauben in ihr Sichtfeld

und drückte seinen Dickschädel an ihren. Nilla schob ihn lachend weg. Doch anstatt sie in Ruhe zu lassen, tänzelte er auf der Stelle und stupste sie immer wieder an. Nilla runzelte die Stirn. Auf Mondlicht achtzugeben, hatte ihn anscheinend ziemlich angestrengt. Die Herde kam ihr insgesamt ein wenig nervös vor. Einige Pferde am Rande galoppierten wild hin und her. Kein Wunder, kam es Nilla in den Sinn, immerhin hatten sie acht Neuzugänge zu verkraften, die plötzlich mit auf der Wiese standen. Ihr schwirrte ja selbst vom Vorabend noch der Kopf. Außerdem hatte sie über Nacht einen neuen Plan gefasst: Sie wollte sich die Bergin mit eigenen Augen ansehen. Aus der Nähe – oder zumindest halbwegs aus der Nähe. Natürlich wusste sie, dass das nicht ganz in Ordnung war, weil Jun sie gebeten hatte, das Gebiet zu meiden. Aber Jun verheimlichte ihr etwas. Und das war genauso wenig in Ordnung. Da blieb ihr doch gar nichts anderes übrig, als selbst nachzusehen, was los war.

Deshalb schlug sie, als sie und Luna aufgesessen waren, den Weg zum Aussichtsfelsen ein. Luna wandte nichts dagegen ein. Entweder war sie genauso neugierig wie Nilla oder ihr war alles egal, solange sie nur mit Mondlicht zusammen sein konnte.

Bald schon passierten sie die Felsen am Eingang des Schmaltals und die zwei mächtigen Kiefern, die links und rechts darauf thronten. Von hier an ging es beständig bergauf durch das enge Tal. Nilla sog die klare Morgenluft und den erdig-frischen Morgenduft ein. Sie hatten bereits den halben Weg zum Vulkan zurückgelegt, als hinter ihnen die Sonne über dem Meer aufging, die Nebelschwaden verscheuchte und so verschwenderisch ihren goldenen Schein über das Land goss, dass alles glitzerte.

Doch so zauberhaft die Landschaft auch war, Nilla spürte eine Unruhe in sich, die sich noch vergrößerte, als sie das Tal schließlich hinter sich ließen und in den Wald eintauchten.

Dort herrschte wie immer Ruhe. Die Baumkronen legten eine Decke aus Schatten und Dämmerlicht über alles, was sich darunter abspielte, und der dicke Teppich aus rostroten Nadeln schluckte die Schritte der Pferde. Doch heute fühlte sich die Stille anders an. *Zu* still. Fast schon gespenstisch. Nicht einmal Vogelgezwitscher war zu hören. Eine Gänsehaut wollte Nilla über den Rücken kriechen und sie schüttelte unwillig den Kopf, so wie Windtänzer, wenn sie als kleines Mädchen versucht hatte, ihm die Mähne zu flechten. Doch als ihnen zwei Rehe und kurz darauf vier Hasen und mehrere Rieseneidechsen entgegenkamen, meldete sich die Gänsehaut zurück. Normalerweise waren diese Tiere so scheu, dass man sie so gut wie nie zu Gesicht bekam. Plötzlich lichteten sich die Bäume. Nilla parierte Windtänzer zum Schritt durch und sie traten auf den Felsvorsprung.

„Wahnsinn", hauchte Luna. „Warum hast du mir das nicht früher gezeigt?"

Nilla zuckte nur mit den Schultern, so sehr war sie von dem Anblick gefesselt, der sich ihnen bot. „Jun wollte doch nicht, dass wir zum Vulkan reiten, und außerdem … so habe ich die Bergin auch noch nie gesehen." Sie konnte die Augen kaum von der dicken dunklen Wolke losreißen, die aus dem Krater quoll und ständig neue Formen annahm.

Schweigend glitten Nilla und Luna vom Pferderücken und ließen sich an der Abbruchkante nieder – Luna mit etwas mehr Abstand, Nilla so nah, dass sie die Beine über dem Abgrund baumeln lassen konnte.

Windtänzer, der neben ihr stand, senkte den Kopf und versuchte wieder, seine Stirn an ihre zu legen.

Vermutlich war ihm das Gucken zu langweilig. Er stupste fester und schnaubte.
Nilla quiekte, weil sie einen Schwall Spucketröpfchen abbekam. „Nicht doch, du Erdferkel!“, rief sie lachend und schüttelte den Kopf. „Kennst du eigentlich die Legende von der Bergin und ihren Kindern?“, fragte sie Luna, und als diese verneinte, erzählte sie sie ihr.
Dabei sahen sie zu, wie der Wind mit der Wolke spielte. Mal ließ er sie fast senkrecht in den Himmel aufsteigen, dann fuhr er hinein, verwirbelte sie und zog sie in die Länge, bis sie sich schließlich wie eine Natter davonschlängelte.
„Guck mal, sieht aus wie die große Platane am Dorfplatz“, sagte Luna und deutete auf die Wolke.
„Stimmt.“ Nilla lachte. „Und jetzt wie ein schwarzes Schaf.“
„Wie ein Vorhang, der im Wind flattert“, sagte Luna.
„Wie ein Wal“, fand Nilla.
„Wie ein fliehendes schwarzes Pferd“, flüsterte Luna.
„Eigentlich genau wie du, Mondlicht.“ Lächelnd sah sie zu ihrer Stute hoch.
Da zerriss ein ohrenbetäubender Knall die Luft. Ein Ruck ging durch den Boden und der Fels unter ihnen

bebte. Es war nur eine kurze Erschütterung, doch deutlich spürbar, als würde man stolpern, obwohl man doch ganz still dasaß.

Nillas Herz stolperte gleich mit.

Von der Kante des Kraters bröckelten Steine und Erdreich ab und stürzten in die Tiefe. Asche und Gesteinsbrocken wurden in die Luft geschleudert. Mondlicht und Windtänzer machten einen Satz zurück. Die Stute stieß ein schrilles Wiehern aus.

Luna packte Nilla an der Schulter und zerrte sie zurück von der Kante. „Was … war das?“, stammelte sie.

Mit weit aufgerissenen Augen sahen die beiden sich an und wieder zum Vulkan zurück.

Es erklang ein langes, tiefes Grollen. Dann donnerte es, als wäre ein Gewitter im Anzug.

Die Bergin war erwacht.

Und sie schien wütend zu sein. Sehr, sehr wütend.

# Alarm!

Wie gebannt starrten die Mädchen zum Vulkan hinüber, aus dem jetzt feurige Klumpen flogen.

Plötzlich kamen Nilla Juns Worte wieder in den Sinn. Er hatte davon gesprochen, dass irgendjemand ausbrach. Sie hatte gedacht, es wäre von Mondlicht die Rede. Dabei hatte er die ganze Zeit die Bergin gemeint! Und jetzt verstand sie auch, warum Windtänzer und die Herde so unruhig gewesen waren. Sie hatten die Gefahr instinktiv gespürt, lange bevor die Menschen sie erkannt hatten.

Windtänzer hatte die Ohren nach hinten gestellt. Sie zuckten, einmal, zweimal, dann stupste er Nilla an.

Jetzt hörte auch sie es.

*Tuwuuuuuuuuuup!*

Ganz leise nur ertönte aus weiter Ferne eine Art lang

gezogenes, tiefes Pfeifen und riss die Mädchen aus ihrer Erstarrung.
„Das Muschelhorn!“, rief Nilla. „Wir müssen uns sofort in Sicherheit bringen.“
Luna sah sie verständnislos an.
„Das Muschelhorn ist unser Alarmsignal“, erklärte Nilla, während sie schon aufsaß. „Wenn es geblasen wird, muss man auf dem schnellsten Wege zur Strandhöhle kommen. Egal, wo man gerade ist und was man macht.“
Luna, die schützend den Arm um Mondlicht gelegt hatte, saß ebenfalls auf. „Und wo ist die?“
„Am Meer, in der Nähe der Perlenbucht. Mir nach!“, rief Nilla noch, obwohl das gar nicht nötig gewesen wäre, und drückte Windtänzer die Schenkel in die Flanken, obwohl auch das nicht nötig gewesen wäre.

Der Wind brannte den Mädchen in den Augen und kleine Zweige schlugen ihnen ins Gesicht. Tieren begegneten sie nicht mehr. Sie schienen alle schon geflohen zu sein.
Im gestreckten Galopp preschten sie das Schmaltal hinab und hielten sich dicht neben der Rinne im weichen Gras. Das war besser für die Hufe als das steinige,

ausgetrocknete Bachbett und außerdem konnten sich die Pferde bei dem Tempo auf dem Geröll leicht verletzen. Doch auch im Gras lagen immer wieder große Steine im Weg und Pferd und Reiterin mussten sich sehr konzentrieren.

Das Muschelhorn hörten sie nicht mehr, obwohl mit Sicherheit noch mehrmals Alarm gegeben wurde. Dafür rauschte ihnen der Wind zu sehr in den Ohren und die Hufe hämmerten zu laut über den Boden.

Nilla warf einen Blick über die Schulter, um nach Luna und Mondlicht zu sehen. Da waren die beiden, ein Stück hinter ihnen, aber nicht weit abgeschlagen. Nilla atmete ein wenig auf. Nicht auszudenken, was passieren würde, wenn sie hier von einem Vulkanausbruch überrascht würden.

*Durch Täler und Rinnen wälzt sich die Lava zuerst* – das hatte Kaitlin den Kindern immer wieder eingeschärft. Zum Glück war es nicht mehr weit, vor ihnen tauchten schon die Felsbrocken auf, die den Ausgang des Tals markierten und damit auch den Übergang zur Ebene. Doch was war das?

Nilla kniff die Augen zusammen. Etwas hatte sich verändert. Die Felsen lagen nicht mehr so wie zuvor und die majestätischen Kiefern links und rechts fehlten! Sie waren umgestürzt – und eine davon lag so unglücklich, dass sie den Weg versperrte!

Nilla keuchte auf, als sie näher kam und erkannte, dass zu allem Überfluss auch noch ein braun-weiß geschecktes Pferd und ein kleines Kind vor der Barriere standen: Tommos jüngster Bruder Theo und seine Stute Sprotte.

Es war auf Maolis nichts Ungewöhnliches, dass kleine Kinder allein mit ihren Pferden unterwegs waren. Da die Pferde schneller erwachsen wurden als Menschen, passten sie auf ihre Menschenkinder auf, solange diese noch klein waren, ehe sich das Blatt später wendete. Doch diesmal schien etwas passiert zu sein, denn Theo saß auf dem Boden und weinte.

Nilla sprang von Windtänzers Rücken, kaum dass sie ihn durchpariert hatte. „Theo“, rief sie. „Was ist los?“

Durch das Geröll, das überall herumlag, rannte der Kleine auf Nilla zu und fiel ihr um den Hals. „Wir … wir haben gespielt. Und dann hat alles gewackelt und die Bäume … sind … einfach …“ Er schluchzte so sehr, dass er kaum weitersprechen konnte.

Nilla drückte ihn ganz fest, so wie Elanor es auch immer

tat. „Alles gut, mein Muckelchen, alles gut“, sagte sie. „Jetzt sind wir ja da. Wir räumen die größten Steine ein bisschen zur Seite. Dann haben die Pferde freie Bahn für den Sprung über den umgestürzten Baum und wir reiten zusammen zur Höhle.“

Theo befreite sich halb aus ihrer Umarmung und schüttelte den Kopf. „Sprotte hat sich so erschreckt, dass sie gestiegen ist … und überall waren Steine und jetzt ist ihr Bein …“ Wieder wurde er von einem Schluchzen geschüttelt.

„Wo?“ Nilla ließ ihn los und betrachtete die junge Stute. Tatsächlich! Sie hatte den linken Vorderhuf nicht aufgesetzt und das Fesselgelenk war etwas dicker als das rechte. Vermutlich hatte sie sich den Huf an einem Felsbrocken angeschlagen oder war schief auf einem Stein aufgekommen. So, wie sie dastand und das Bein entlastete, war an Auftreten nur schwer zu denken, geschweige denn an einen Sprung.

Inzwischen war auch Luna herangekommen und betrachtete mit Sorge Sprottes Gelenk. „Das ist bestimmt gezerrt oder geprellt“, sagte sie.

Fieberhaft blickte Nilla sich um. Die Kiefer lag quer über der Engstelle zwischen den Felsen. Menschen konnten problemlos untendurch krabbeln, aber Pferde mussten darüberspringen. „Ich schaue, ob ich einen anderen Weg durch die Felsen finde“, verkündete Nilla. „Ihr wartet hier.“

Schnell lief sie los und rannte und kletterte an der Felsbarriere entlang. Aber nirgends hatte sich ein neuer Durchlass aufgetan und die steilen Wände des Tales konnten die Pferde unmöglich erklimmen.

Kopfschüttelnd trottete sie zurück.

„Was machen wir denn jetzt?“, fragte Luna. „Um Hilfe rufen?“

Nilla winkte ab. „Da kommt keiner“, meinte sie düster. „Die sind alle auf dem Weg zur Höhle.“

Doch was war das? Auf einmal erklang das Donnern von Hufen. Neue Hoffnung keimte in Nilla auf und sie wirbelte herum. Dann verzog sie das Gesicht, als hätte sie in eine unreife Drachenfrucht gebissen.

York! Ausgerechnet!

Trotzdem war Nilla noch nie so froh gewesen, ihn zu sehen. Offenbar hatte er sich mit Dexter auch an den Hängen der Bergin herumgetrieben. „York“, rief sie ihm entgegen.

Nur eine Pferdelänge vor ihnen brachte der Junge

Dexter zum Stehen und sah mit hochgezogener Augenbraue auf sie herab. „Was macht ihr denn hier?“

Nilla guckte zurück. „Ist doch jetzt egal. Sprotte hat sich verletzt und wir müssen den Baumstamm aus dem Weg schaffen. Einen anderen Ausweg gibt es nicht.“

York genügte ein einziger Blick auf Sprotte und er wusste Bescheid. „Oje“, murmelte er und saß ab.

Mit vereinten Kräften versuchten sie, die umgestürzte Kiefer zu bewegen.

Vergeblich.

Auch Luna und Theo packten mit an und Dexter, Windtänzer und Mondlicht schoben mit der Nase und mit dem Hinterteil.

Doch sosehr sie sich auch abmühten, der Baum rührte sich kein Stück. Währenddessen grollte die Bergin erneut und die Erde erzitterte.

York war derjenige, der laut aussprach, was alle dachten: „Das wird so nichts. Wir räumen jetzt die Steine aus dem Weg, damit die Pferde Anlauf nehmen können für den Sprung.“

Die anderen drei starrten ihn an. „Aber Sprotte *kann* nicht springen“, wandte Nilla ein.

York zuckte mit den Schultern. „Hilft ja nichts. Wir

können nicht hierbleiben, das ist zu gefährlich. Wir müssen Sprotte zurücklassen und hoffen, dass ihr nichts geschieht … Tut mir leid, Theo“, fügte er hinzu, als er das entsetzte Gesicht des Kleinen sah. Damit machte er sich an die Arbeit und begann, Steine wegzurollen und zur Seite zu tragen.

Nillas Gedanken rasten, während sie mit anpackte. York hatte recht. Aber sie konnten doch Theo und Sprotte nicht trennen!

Als sie fertig waren, nickte York dem kleinen Jungen aufmunternd zu. „Komm.“

„Nein!“ Theo verschränkte die kurzen, runden Arme und versuchte, entschlossen zu wirken. Dabei stand ihm die Angst ins Gesicht geschrieben.

York beugte sich zu ihm hinunter und sah ihm in die Augen. „Du kennst doch das Zeichen. Wenn das Muschelhorn geblasen wird, müssen alle sofort zur Höhle. Ich nehme dich mit.“ Er wollte ihn hochheben, um ihn auf Dexters Rücken zu setzen, doch Theo strampelte aus Leibeskräften.

„Lass mich runter!“, kreischte er und trat York gegens Schienbein.

„Au! Spinnst du?“ Der große Junge setzte ihn unsanft

wieder ab. „Dann bleib halt da." Er rieb sich das Bein. „Ich bin jetzt jedenfalls weg." Er sah Nilla und Luna an. „Was ist? Kommt ihr?"

Nilla holte tief Luft. „Wir … äh …"

„Wir lassen Theo und Sprotte nicht allein", kam Luna ihr zuvor.

Nilla sah sie erstaunt an. Das hatte sie ihr gar nicht zugetraut.

„Auch recht." York nickte. „Wie ihr meint. Man sieht sich. Oder auch nicht", murmelte er noch. Dann drückte er Dexter die Fersen in die Seiten, nahm Tempo auf und setzte mit einem eleganten Sprung über die Kiefer hinweg.

Plötzlich kam Leben in Nilla. Sie rannte zu dem umgestürzten Baum und legte die Hände wie einen Trichter an den Mund. „Yoooork!", schrie sie ihm nach. „Gib den anderen Bescheid, dass wir hier festsitzen!"

Doch York galoppierte davon, ohne sich noch einmal umzudrehen. Eine Weile hörten sie noch das Geräusch sich entfernender Hufe, dann war es still.

# Wie durch ein Wunder

„Und jetzt?“ Nilla sah Luna an.

„Jetzt …“, setzte Luna an, brachte den Satz aber nicht zu Ende. Kurz wirkte sie genauso verzweifelt, wie Nilla sich fühlte. Doch dann ging ein Ruck durch das Mädchen. Sie drehte sich um und flüsterte Mondlicht etwas ins Ohr.

Hatte die schwarze Stute zuvor nervös getänzelt, wurde sie auf einmal ganz ruhig, trottete zu Sprotte und kraulte sie so, wie Windtänzer zuvor ihr das Fell gekrault hatte. Auf ein aufforderndes Schnauben hin folgte Windtänzer ihrem Beispiel.

„Theo, dich brauche ich auch“, sagte Luna und legte ihm die Hand auf die Schulter. „Du musst mir helfen

und Sprotte beruhigen. Kriegst du das hin?“ Sie sah ihm in die Augen.
Theo wischte sich mit dem Ärmel den Rotz weg und nickte. Dann streichelte er liebevoll Sprottes Nüstern und redete ihr gut zu. Nilla, die nicht so recht wusste, was sie tun sollte, und noch viel weniger, was Luna vorhatte, streichelte wiederum Theos Rücken.
Luna kniete sich hin und strich mit den Fingerkuppen über Sprottes linke vordere Fessel. Das Pferd zuckte kurz. Was tat Luna da? Außer von ihren eigenen Menschen – und von Jun – ließen sich verletzte Pferde nur ungern anfassen. Wenn man Pech hatte, schnappten sie sogar nach einem.
Doch nichts dergleichen geschah. Behutsam schloss Luna die Hände enger um das verletzte Gelenk. Diesmal war *sie* es, die zusammenzuckte. Diesen Gesichtsausdruck kannte Nilla: So hatte Luna auch ausgesehen, als sie Mondlichts Beine gehalten hatte.
„Was soll das werden, Luna?“, fragte Nilla nach einer Weile im Flüsterton. „Wir müssen uns schleunigst was überlegen! Für Streicheleinheiten ist jetzt keine Zeit!“
Luna antwortete nicht. Auf ihrer Stirn hatten sich feine Schweißtropfen gebildet.

Sprotte stand noch immer still. Sie wirkte jetzt nicht mehr so verängstigt wie zuvor, sondern deutlich entspannter und hatte den verletzten Fuß sogar wieder aufgesetzt. Wie hatte Luna das gemacht? Nilla sah mit angehaltenem Atem zu. Was immer Luna da tat, es schien wie durch ein Wunder zu helfen.

Doch Nilla hatte keine Zeit, darüber nachzudenken. Hinter ihnen brüllte abermals die Bergin und ein Zittern lief durch die Erde, das Nilla bis ins Herz ging. „Beeil dich, Luna!“, rief sie. „Schnell.“

„Bin gleich so weit“, stieß Luna zwischen zusammengebissenen Zähnen hervor. „Augenblick noch.“ Sie war jetzt gischtweiß im Gesicht. Plötzlich ließ sie Sprottes Bein los und richtete sich auf. Einen Moment lang wankte sie, als ob ihr schwindelig wäre, und ihre Hände zitterten.

„Lass es uns versuchen“, sagte Luna. „Es geht ihr besser. Sie hat noch Schmerzen, aber nicht mehr so stark.“

Nilla riss den Blick von Lunas Händen los. Jetzt war keine Zeit für Zweifel! „In Ordnung. Die Pferde springen und wir kriechen untendurch.“ Sie streichelte Windtänzers Nase. „Du zeigst den anderen, wie sie es machen sollen, ja?“ Sie deutete auf den umgestürzten Baum und gab ihm einen Klaps aufs Hinterteil.

Windtänzer schien zu verstehen. Er sah Mondlicht und Sprotte an, dann nahm er Anlauf.

Wie schon Dexter zuvor setzte er mühelos über das Hindernis hinweg und landete weich im Gras. Gleich darauf tauchte sein Kopf auf der anderen Seite auf und er spähte herüber und wieherte.

Als Nächste kam Mondlicht an die Reihe, trabte an und wurde schneller. Im Prinzip war Nilla sich sicher, dass die Stute das konnte. Nur, würde sie sich auch trauen?

Mondlicht verlangsamte etwas und Nilla hatte schon Angst, sie würde tatsächlich verweigern, doch im nächsten Moment stieß sie sich ab. Sie segelte zwar nicht so hoch über das Hindernis wie Windtänzer, dennoch überwand sie es problemlos und erstaunlich leichtfüßig. Während Luna aufatmete, klatschte Nilla begeistert in die Hände. „Toll gemacht!“, rief sie zu Mondlicht hinüber und sah dann Theos braun-weiß gescheckte Stute an. „Jetzt du“, sagte sie.

Theo schlang Sprotte die Arme um den Hals und flüsterte ihr etwas ins Ohr, woraufhin sie mehrmals mit dem Kopf nickte.

Zusammen führten sie sie ein Stück von dem Baumstamm weg, damit sie genug Anlauf hatte. Nilla warf dabei unauffällig noch einen letzten Blick auf ihr Bein. Sie lief wieder gut, aber würde das Gelenk der Belastung des Sprungs standhalten? Nilla seufzte. Sie hatten keine Wahl. Sie mussten es ausprobieren.

Als Sprotte antrabte, schob Theos kleine Hand sich in Nillas und sie feuerten die junge Stute gemeinsam an. Schnell war sie nicht.

„Jetzt!“, rief Nilla, als Sprotte kurz vor der umgestürzten Kiefer war. Alle drei hielten den Atem an. Sprotte erhob

sich in die Luft … höher … noch etwas höher … und dann war sie darüber hinweg. Knapp zwar, aber sie hatte es geschafft!
„Aua“, sagte Theo und entzog Nilla seine Hand. Sie hatte gar nicht gemerkt, wie fest sie zugedrückt hatte.
Sie nahmen sich keine Zeit zum Jubeln, sondern rannten los und krochen unter der Kiefer hindurch. Auf der anderen Seite wurden sie bereits von den Pferden erwartet. Um Sprottes Bein nicht unnötig zu belasten, nahm Nilla Theo zu sich auf Windtänzers Rücken und sie galoppierten los.
Sie mussten sich beeilen.

# Lunas Geheimnis

Hinter ihnen rumorte die Bergin, unter ihnen rumorte die Erde. Doch Nillas Herz machte vor Erleichterung einen Satz, als sie die Dorfbewohner und Pferde sah, die sich wie kleine bunte Punkte vom dunklen Strand abhoben.

Sie hatten es geschafft! Sie waren bei der Höhle.

Die Dorfbewohner hatten sich aufgeteilt. Während manche die Pferde versorgten, die aufgescheucht am Strand hin und her sprengten, kümmerten andere sich um die verängstigten Kinder. Die Kleinsten saßen bei ihren Eltern auf dem Schoß und wurden geschaukelt.

Normalerweise waren die Dörfler hier in Sicherheit, denn die Höhle befand sich an einem Ort, den die Lava seit Menschengedenken nicht erreicht hatte. Ein Erdbeben hatte es allerdings seit Annuis Kindheit nicht mehr gegeben und das machte allen Angst. Außerdem bestand natürlich die Gefahr, dass die Höhle einstürzte. Also hatten sie sich im Freien versammelt und ein paar Unerschrockene hatten Vorräte wie Heu, Dörrfleisch, getrocknete Kräuter, Decken, Tücher und Becher nach draußen geschafft. Zum Schutz gegen die Sonne hatten sie lange Stöcke in den Sand getrieben und Tücher daran festgeknotet. Andere hatten in einer geschützten Kuhle Treibholz zu einem Haufen aufgeschichtet und ein Feuer entfacht, über dem in einem großen Kessel Wasser erhitzt wurde.

Als Nilla, Theo und Luna näher kamen, lösten sich ein paar Gestalten aus dem Gewühl. Mit wehenden Röcken kam ihnen Elanor entgegengerannt, dicht gefolgt von Tommo und den Zwillingen.

Sie war so aufgelöst wie ihr Dutt, der ihr schief am Hinterkopf hing und nach allen Seiten ausfranste.

„Theo“, schrie sie, „beim Sturmwind, was machst du denn für Sachen? Wo warst du bloß? Ich habe mir schon solche Sorgen um dich gemacht!“ Kaum, dass er und Nilla abgesessen waren, schloss sie ihn in die Arme. „Oh, mein Muckelchen!“

Nilla verspürte einen Stich. Und wer schloss sie in die

Arme? Doch im nächsten Moment fand auch sie sich in einer Umarmung wieder, die eher einem Schraubstock glich. Salu und Simo warfen sich ebenfalls auf das Menschenknäuel und drückten mit, während Tommo den Kleinen aus der Menschentraube pflückte, ehe es ihm zu viel wurde.

Als Nilla sich endlich lachend befreit hatte, fand sie sich schon in der nächsten Umarmung wieder. „Nilla! Dem Wind sei Dank, da seid ihr ja! Wir wollten gerade einen Suchtrupp losschicken." Jun drückte sie kurz an sich und gab ihr einen Kuss auf den Scheitel.

„Sprotte konnte nicht so schnell", nuschelte Nilla in sein Hemd. „Sie hat sich am Bein verletzt."

Jun ließ Nilla los, kniete sich zu Sprotte und begutachtete ihr Gelenk. „Wo wart ihr denn eigentlich?", fragte er, ohne aufzublicken.

Nilla zögerte. „Im Schmaltal."

Jetzt sah er doch zu ihnen hoch. „Was wolltet ihr da?"

„Wir sind einfach ein klitzekleines Stück das Tal hinaufgeritten und dann kam auch schon der Alarm", gab Nilla zurück und verschränkte die Arme. „Du hast doch gesagt, dass ich Luna die Umgebung zeigen soll."

„Genau." Luna verschränkte ebenfalls die Arme.

Dankbar warf Nilla ihr einen Blick zu. Erst jetzt merkte sie, dass Luna noch immer zitterte.
Auch Jun sah Luna prüfend an. „Du bist blass“, stellte er fest. „Geht es dir nicht gut?“ Er winkte die Heilerin herüber. „Kaitlin, kommst du mal? Luna braucht was zur Stärkung.“
Luna schüttelte den Kopf. „Nein, nein, nicht nötig.“ Sie versuchte ein Lächeln. „Ich habe so etwas nur noch nie erlebt. Windhoka liegt einfach ein ganzes Stück vom Vulkan entfernt.“
Dasselbe sagte sie zu Kaitlin, als diese mit einem dampfenden Becher ankam. Doch Nilla wusste, dass Widerstand bei Kaitlin zwecklos war.
Nilla suchte ein ruhiges Plätzchen für Luna und legte ihr eine Decke um die Schultern, obwohl sie in der Sonne saßen. Luna lehnte sich an Mondlicht, die sich im schwarzen Sand niedergelassen hatte und regelrecht damit verschmolz, und schlang ihre Arme um die Knie, damit das Zittern nicht mehr so auffiel.
Kaitlin blieb es dennoch nicht verborgen, als sie Luna die Tasse reichte, in der verschiedene Blätter und Blüten schwammen. „Hier, gegen den Schreck“, sagte sie, stellte aber keine Fragen.

„Danke.“ Luna nahm einen Schluck und verzog das Gesicht. „Das tut …“ Sie bekam einen Hustenanfall. „Gut“, würgte sie noch hervor.

Kaitlin zwinkerte Nilla zu. „Sieh zu, dass sie es auch wirklich trinkt.“

Nilla grinste zurück. „Mach ich.“

„Du hast *gewusst*, wie widerwärtig das schmeckt?“, fragte Luna, als Kaitlin gegangen war.

„Klar.“ Nilla grinste noch breiter. „Aber das Zeug wirkt Wunder. Also runter damit.“

„Muss ich?“

Nilla, Windtänzer und Mondlicht nickten.

Seufzend trank Luna die Tasse leer, dann kuschelte sie sich enger an die Stute und schloss die Augen.

Nilla blieb die ganze Zeit über bei ihr, und Windtänzer wiederum blieb bei Nilla. Zum ersten Mal an diesem Tag hatte sie richtig Zeit für ihn. Er beugte sich zu ihr hinab und sie nahm seinen Kopf in beide Hände und flauschte ihm ausführlich die Mähne. Er hielt ganz still und nur seine Ohren zuckten ab und an verzückt. Dann kam er ganz nah an Nilla heran und legte einmal mehr seine Stirn an ihre.

Nilla schloss die Augen. Plötzlich waren die Bilder da.

Klar und deutlich: Kronreiterinnen nachts auf der Wiese bei den Pferden. Aber was wollten sie dort? Warum trieben sie sich mitten in der Nacht bei den Pferden herum?

„Oh, Windtänzer, *das* wolltest du mir also schon den ganzen Tag erzählen", flüsterte Nilla. „Du bist der beste, klügste Freund, den man sich vorstellen kann."

Windtänzer gab ein sanftes Schnauben von sich.

In diesem Moment kam Ikarus angetrabt und stupste ihn an. Einmal, zweimal, dreimal. Windtänzer sah zwischen seinem aufdringlichen Freund und Nilla hin und her.

Nilla gab ihm ein Küsschen auf die Nasenspitze. „Na, geh schon!", sagte sie.

Nachdenklich blickte sie den beiden nach, wie sie davongaloppierten. Dann sah sie zu den Kronreiterinnen hinüber, die sich nicht weit entfernt niedergelassen hatten und sich mit gedämpften Stimmen unterhielten. Nur zu gern hätte sie gewusst, worüber sie redeten. Sie überlegte sogar, zu ihnen zu gehen und sie direkt zu fragen, was sie nachts bei der Herde machten, aber das traute sie sich nicht.

Ein bisschen weiter weg entdeckte sie Dexter und York. Der Junge schielte ein paarmal herüber. Bestimmt fragte er sich, wie Nilla und Luna es angestellt hatten, Sprotte über den Baumstamm zu bugsieren. Schließlich begann er, einen Hindernisparcours für sich und Dexter aufzubauen. Er ließ wirklich keine Möglichkeit ungenutzt.

Nach einer Weile schien es Luna besser zu gehen. Die Farbe kehrte in ihre Wangen zurück, das Zittern verging und als Nilla sie anlächelte, lächelte sie zurück.

Nilla räusperte sich. „Das vorhin mit Sprotte, das war Wahnsinn."

Luna guckte zum Meeressaum, wo Windtänzer mit Ikarus durchs seichte Wasser tollte, während andere Pferde noch beruhigt werden mussten.

Nilla kratzte sich am Knie. „Wie hast du das gemacht?"

„Keine Ahnung." Luna wich ihrem Blick aus.

Doch diesmal ließ Nilla nicht locker. „Na ja, ich bin ja nicht blind. Du hast Sprotte geheilt, indem du ihr die Hände aufgelegt hast, genau wie bei Mondlicht. Ist doch so, oder?" Sie beugte sich vor, damit Luna sie ansehen musste.

Luna legte den Finger an die Lippen. „Nicht so laut!", zischte sie. „Müssen ja nicht gleich alle mitbekommen."

Nilla rückte näher. „Erzähl!"

Luna zuckte mit den Schultern. „Da gibt es nicht viel zu erzählen. Ich kann Pferde heilen. Durch Händeauflegen. Ende der Geschichte."

Hatte sie es doch gewusst! „Kann man das lernen?"

Luna schüttelte den Kopf. „Nein, ich kann es schon immer. Einfach so."

Nilla bohrte mit dem Finger Löcher in den Sand. „Da könnte man fast neidisch werden."

„Na ja", meinte Luna. „Es tut halt echt weh. Weil der Schmerz, der geht nicht einfach so weg. Der überträgt sich auf mich."

„Oh!" Nilla riss die Augen auf. „Deshalb hast du vorhin so gezittert?"

Luna nickte. Dann sah sie Nilla eindringlich an. „Aber das darfst du niemandem verraten. Versprochen?"

Nilla tat, als würde sie ihren Mund mit einem Schlüssel zusperren. „Meine Lippen sind versiegelt. Äh, und warum machst du so ein Geheimnis daraus?"

„Weil …" Luna zögerte. Sie schien mit sich zu ringen. „Weil sonst alle denken, dass mit mir etwas nicht stimmt."

Nilla nickte langsam. Das kam ihr bekannt vor. Deshalb hatte sie – bis auf den einen Versuch bei Tommo – auch

niemandem davon erzählt, dass sie und Windtänzer sich auf besondere Weise verständigen konnten.
„Das bleibt unter uns, versprochen.“ Sie griff nach Lunas Hand und drückte sie. Luna drückte zurück.

Später ließ Nilla sich von Tommo zu einem Wettreiten überreden, und als sie sich danach wieder zu Luna setzte, machte Tommo für die beiden Faxen mit Ikarus. Einmal ritt er falsch herum sitzend an ihnen vorüber, ein anderes Mal war er auf allen vieren auf dem Pferderücken, beim dritten Mal ließ er Ikarus mit albernen Seitwärtshopsern laufen.
Nilla und Luna kicherten. Und noch mehr mussten sie lachen, als Tommo sich zwischen sie legte und Pferdewitze erzählte.
„Woran erkennt man ein höfliches Pferd?“, fragte er. „Es stoppt vor dem Hindernis und lässt den Reiter zuerst hinüber.“
Nilla ließ sich rücklings in den Sand fallen und sah in den blauen Himmel hinauf. Vor ein paar Tagen hätte es sie noch geärgert, wenn Tommo versucht hätte, Luna zum Lachen zu bringen. Jetzt nicht mehr.
Den ganzen Tag verbrachten sie am Strand. Zweimal

bebte die Erde noch. Doch als die Sonne weiter und weiter Richtung Westen wanderte, beruhigte die Bergin sich und auch die grollenden Laute versiegten.
Nach und nach entspannten sich auch die letzten Dörfler und die Kinder spielten mit ihren Pferden Fangen, übten sich im Muschelweitwurf oder bauten Sandburgen, während ihre Eltern Krebse und kleine Fische fingen, die in großen Töpfen gekocht wurden. Die Pferde galoppierten munter umher, fraßen Dünengras, futterten vom Heuvorrat aus der Höhle und schienen den Tag mit ihren Menschen zu genießen.
Und das war vielleicht das wichtigste Zeichen: Wenn die Pferde nicht mehr unruhig waren, bedeutete das ganz sicher, dass die Gefahr gebannt war.
Am späten Nachmittag gab Annui Entwarnung, und nachdem sie alles wieder zusammengepackt hatten, kehrten die Dorfbewohner unter einem flammend roten Sonnenuntergangshimmel erschöpft und erleichtert nach Meakamea zurück.
Nilla, die sonst mit Windtänzer vorangeprescht wäre, trabte gemütlich neben Luna und Mondlicht her.
„Ein Glück, dass nichts passiert ist“, sagte die Bäckerin, die vor ihnen ritt, zu ihrem Mann.

Aber das stimmte so nicht ganz: Für Nilla und Luna, Windtänzer und Mondlicht war eine ganze Menge passiert.

Das ahnte auch Jun, als er die beiden Mädchen nach seiner Rückkehr vom Rundgang durch das Dorf einträchtig schlummernd vorfand.

„Meine Windstochter", sagte er und strich Nilla behutsam über die widerspenstigen Locken. „Nicht auszudenken, wenn dir etwas zugestoßen wäre." Einen Moment lang schwebte seine Hand in der Luft und es sah aus, als wolle er auch Luna über den Kopf streicheln, dann ließ er es jedoch bleiben. „Nicht auszudenken, wenn euch beiden etwas zugestoßen wäre ..."

# Wo ist Früchtchen?

Am Morgen nach dem Beben zogen Nilla und Luna zusammen mit Tommo los. Jun hatte ihm freigegeben, weil die Schmiede an diesem Tag geschlossen blieb und er sich stattdessen gemeinsam mit den anderen Dörflern um die dringlichsten Reparaturen kümmerte. Der Bach musste neu aufgestaut werden, ein paar Gartenmäuerchen waren zusammengefallen und bei einigen Hütten waren die Dächer eingestürzt. Natürlich hätte er Tommos Hilfe dabei gut gebrauchen können, aber er hatte ihm versprochen, dass er genug Zeit bekäme, sich auf das Wettreiten vorzubereiten. Zudem hatte Jun sie gebeten auszukundschaften, ob das Erdbeben irgendwo im Inneren der Insel größere Schäden angerichtet hatte, und das war ein Auftrag ganz nach Nillas Geschmack.

Während auf der Pferdewiese alles beim Alten war, änderte sich das Bild, sobald sie den Fluss erreichten. Dort waren einige Felsbrocken umgekippt und es hatten sich ein paar neue kleine Wasserfälle gebildet, während andere verschwunden waren. An einer Stelle war der Weg durch einen großen Stein versperrt, den sie aber gemeinsam wegkullern konnten, an einer anderen lief ein breiter Riss quer über den Pfad.

Als Erstes ritten sie zum Badeplatz am Fluss, um nach Früchtchen zu sehen. Die beiden großen Drachenbäume standen noch. Darunter lagen mehrere aufgeplatzte Früchte, über die sich die Pferde gierig hermachten, und Windtänzer stupste Mondlicht ein besonders schönes Exemplar mit der Nase hinüber.

Von Früchtchen jedoch fehlte jede Spur. Der Gecko saß weder auf den Steinen am Fluss noch in der Hängematte und tauchte auch nicht auf, als Nilla nach ihm rief. Tommo und sie kletterten sogar auf die beiden Bäume, um dort oben nach ihm Ausschau zu halten, während Luna mit den Pferden unten das Ufer absuchte.

Nilla bekam ein ganz blödes Gefühl. „Hoffentlich ist ihm nichts zugestoßen“, murmelte sie.

Windtänzer legte ihr seinen Kopf auf die Schulter und

rieb seine Wange an ihrer und Luna legte einen Arm um sie. „So schnell geben wir nicht auf", sagte sie. „Bestimmt ist er nur durcheinander von dem Erdbeben und hat sich irgendwo verkrochen."

Tommo nickte und reichte Nilla ein Stück verbranntes Brot von Elanor. „Genau, wir suchen einfach so lang, bis wir ihn finden."

Nilla lächelte die drei dankbar an. „Fragt sich bloß, in welcher Richtung wir suchen sollen", meinte sie und drehte sich einmal um die eigene Achse.

„Hm." Tommo kratzte sich am Hinterkopf.

„In der Gegenrichtung zur Bergin, oder?", schlug Luna vor. „Erinnerst du dich daran, wie uns im Wald die Tiere entgegengekommen sind? Die sind alle vor dem Vulkan geflohen."

„Stimmt!" Nilla nickte. „So machen wir es!"

Also folgten sie weiter dem Flusslauf, der vom Vulkan wegführte. „Früchtchen", riefen sie immer wieder, „Früüüüchtchen!", und auch die Pferde hielten die Augen offen und die Ohren gespitzt.

Der Fluss machte einen Knick und verlief in südlicher Richtung. Hier wurde die Landschaft karger und war von dornigem Gestrüpp und niedrigen Sträuchern mit harten, glänzenden Blättern dominiert. Wo eben noch Hummeln gesummt hatten, huschten nun kleine Eidechsen vor ihnen weg und die Luft über dem Boden flirrte. Auf ihrer einen Seite wurde der Fluss immer schmaler, zur anderen türmten sich die Felsen höher und höher und vor dem fast schwarzen Gestein staute sich die Hitze. Nilla sah sich unbehaglich um. Sie kamen der Schlucht immer näher. Normalerweise mieden sie diesen Teil der Insel.

Auch Windtänzer und Ikarus setzten ihre Schritte zögerlicher als zuvor.

„Ich glaube, wir sollten umkehren", sagte Tommo. „Wir sind ziemlich nah an der Wolkenschlucht. Sie muss direkt hinter den Felsen liegen."

„Na gut." Nilla nickte widerstrebend. „Früüüüchtchen!", rief sie noch einmal.

Vergeblich.

Auf einmal spitzte Mondlicht die Ohren und trabte wieder los.

„Äh … Mondlicht?", sagte Luna. „Wir wollen *umkehren.*" Sie versuchte, ihre Stute zu wenden, doch die schüttelte nur unwillig den Kopf und lief unbeirrt weiter.

Nun setzte sich Windtänzer, der Mondlicht offenbar

nicht allein lassen wollte, in Bewegung und Ikarus trottete ihm hinterher, die Ohren nach vorne gerichtet.
Jetzt hörten es auch Nilla, Luna und Tommo: ein sonderbares Geräusch irgendwo zwischen einem Pfeifen und einem Zischen.
Mondlicht wurde immer schneller und hielt auf die Felsen zu. Vor zwei besonders großen, steil aufragenden Brocken blieb sie stehen. Dazwischen befand sich ein Durchgang, nicht breiter als eine halbe Pferdelänge. Das Tosen war nun laut und deutlich zu vernehmen. Es kam direkt aus dem Spalt!
Hindurchgucken konnte man nicht, dafür war der Durchgang zu lang und zu düster. Als Nilla und Luna sich vorbeugten, blies ihnen ein heftiger Wind ins Gesicht, der ihnen die Sicht nahm. Nur ein merkwürdiger, türkisgrüner Schimmer war in der Finsternis zu erahnen.
„Was ist das?“, hauchte Nilla, und als die anderen nicht antworteten, weil sie über das Brausen des Windes hinweg nichts verstanden, wiederholte sie es lauter.
„Das würde ich auch gern wissen“, brüllte Tommo zurück. „Das war vorher jedenfalls nicht da, dafür

lege ich meine Hand ins Schmiedefeuer. Muss beim Erdbeben entstanden sein."

*Schhh-schrrrrrrrzzzz*, toste es aus dem Spalt. Nilla erinnerte es an das wütend-warnende Zischen einer Natter. Ihr schlängelte sich eine Gänsehaut die Arme hinauf und auch Windtänzer und Ikarus wirkten angespannt.

Ganz anders Mondlicht: Ihre Ohren zuckten, ihre Nüstern waren geweitet und in ihre schwarzen Augen trat ein fast verträumter Ausdruck.

Plötzlich huschte ein leuchtend gelber Schemen wie ein Sonnenstrahl in der Dunkelheit des Durchgangs an der Wand entlang. Nilla kniff die Augen zusammen. Was war das? Es kam auf sie zu!

„Früchtchen!", rief sie, als der Gecko seelenruhig aus der finsteren Spalte herausspazierte. Sie beugte sich auf Windtänzers Rücken vor und hielt dem Kleinen ihre Hand hin, die er auch sofort erklomm. „Da bist du ja! Wir haben uns solche Sorgen um dich gemacht! Was tust du denn dadrin?" Sie streichelte ihn unter dem Kinn, weil er dort, abgesehen vom Bauch und von den Füßen, am wenigsten stachelig war. Dann turnte er auf Windtänzers Kopf weiter, der ihn erstaunlich milde

gewähren ließ und die Ohren zu ihm drehte. „Mann, bin ich erleichtert!“, seufzte Nilla. „Ein Glück, dass Mondlicht unbedingt hierherwollte.“
Luna tätschelte der schwarzen Stute den Hals und meinte: „Ja, sie ist eben unheimlich klug.“
Während Windtänzer zu Feier des Tages sogar ein Freudentänzchen machte und Ikarus und Tommo vor Lachen prusteten, war Mondlicht mit Luna immer näher zu dem Durchgang getrottet. Die Stute hatte den Kopf schief gelegt, als lausche sie einer Melodie. Immer wilder schlug ihr der Wind entgegen. Sein Heulen war nun noch lauter und unheimlicher als zuvor, doch sie ließ sich davon nicht abschrecken. Im Gegenteil: Unvermittelt machte sie einen Satz und galoppierte in den Spalt hinein.
„Brrr, Mondlicht! Halt!“, rief Luna.
„Nein, nicht!“, schrie Nilla. „Dahinter ist doch die Schlucht, da sollen wir nicht …“
Doch Mondlicht war längst zwischen die Felsen eingetaucht.
„… hin“, sagte Nilla.
Windtänzer und Ikarus standen da wie erstarrt, Nilla und Tommo saßen auf ihnen wie erstarrt. Nur der Gecko turnte fröhlich auf Windtänzers Kopf herum.

Mondlicht war zur Hälfte zwischen den Felsen verschwunden, Luna ganz. Weit kamen sie allerdings nicht. Wie sehr die Stute sich auch gegen den Wind stemmte, er ließ sie nicht durch.

Nilla und Tommo sahen entsetzt zu. Tun konnten sie nichts. Umso erleichterter waren sie, als Mondlicht und Luna schließlich schwer keuchend im Rückwärtsgang wieder zwischen den Steinen hervorkamen. Stück für Stück trieb der Wind sie vor sich her und drängte sie hinaus ins Tageslicht.

„Alles in Ordnung, Luna?", riefen Tommo und Nilla. Hastig saßen sie ab und rannten zu ihnen.

Lunas Wangen waren gerötet, ihre Augen leuchteten. „Ja, alles bestens!", japste sie. „Das … das macht riesig Spaß. Man kann reiten und reiten und bleibt doch immer an derselben Stelle. Das müsst ihr ausprobieren." Sie nahm einen Schluck aus ihrem Trinkschlauch. Anschließend schüttete sie sich Wasser in die hohle Hand und beugte sich vor, um Mondlicht etwas abzugeben.

Nilla betrachtete Luna. Das hätte sie vor einer Woche noch nicht gemacht. Und Mondlicht auch nicht. „Ich weiß nicht", meinte sie skeptisch. „Ich finde das unheimlich. Der Wind klingt, als hätte er sich heiser geschrien."

Luna schüttelte energisch den Kopf. „Glaubt mir, das ist richtig gut."
„Nein", widersprach Nilla. „Der Wind will uns warnen."
Die beiden sahen Tommo an, der nur die Achseln zuckte. „Meine Güte, der pfeift einfach bloß durch eine Ritze und das klingt ein bisschen wie ein Heulen und damit basta." Kurz entschlossen saß er auf. „Na gut, dann probiere ich das jetzt auch mal." Er atmete tief durch und gab Ikarus einen Schenkeldruck. Mit Anlauf

stürzte sich der Hengst in das Tor, sodass fast nur noch sein Schweif herausguckte, der wie eine Flamme hinter ihm loderte.
Ein paar Minuten später tauchten die beiden verschwitzt und übermütig wieder auf. „Das ist toll, Nilla! Mach auch mal!“, rief Tommo. „Das ist …“ Er rang nach Atem. „Das ist das beste Training, das man fürs Wettrennen bekommen kann!“
Nilla horchte auf. Training klang verlockend. Sehr verlockend. Sie sah zwischen Tommo und Luna hin und her, die ihr beide aufmunternd zunickten, und schlang die Arme um Windtänzers Hals. „Was meinst du“, flüsterte sie ihm zu, „sollen wir auch mal?“
Der windfarbene Hengst scharrte mit den Hufen. Was Ikarus und Mondlicht konnten, konnte er schon lange. Nilla schmunzelte, setzte Früchtchen auf einem Stein ab, saß auf und dann stürzten sie sich mitten ins Ungewisse. Hatte zuvor die Sonne auf sie heruntergebrannt, wurde es zwischen den hohen Felswänden schlagartig kühl und düster. Doch Nilla konnte ohnehin kaum die Augen offen halten, so sehr stach ihr der Wind ins Gesicht. Also kniff sie sie einfach zu. Was sollte schon geschehen, sie ritten ja auf der Stelle.

Windtänzer wieherte fröhlich und stemmte sich gegen den Windstrom, was das Zeug hielt. Immer schneller und schneller trommelten seine Hufe und auch Nilla fand nach und nach Gefallen daran.
Es war ein unbeschreibliches Gefühl, mit geschlossenen Augen zu reiten. Sie spürte den Wind im Gesicht, Windtänzers kraftvolle Bewegungen unter sich, hörte sein Keuchen und Schnauben und das Tosen des Sturms. Es war ein bisschen wie bei ihren Wettrennen am Strand, nur noch besser. Kein Wunder, dass Tommo und Luna so begeistert davon waren!
Erst am späten Nachmittag kehrten sie erschöpft, aber glücklich ins Dorf zurück. Das Windtor, wie Luna es genannt hatte, erwähnten sie Jun gegenüber mit keinem Wort.

# Die Ruhe vor dem Sturm

Mit jeder Nacht rundete sich der Mond, bis er mit seinen unregelmäßigen silbergrauen Flecken aussah wie der Bauch einer trächtigen Apfelschimmelstute. Es waren nur noch wenige Tage bis zum Vollmond und bis zum Fest, und im selben Maße, wie der Mond zunahm, nahm auch die Aufregung zu. Das Dorf glich einem Ameisenhaufen, so wuselig war es.

Nach dem Erdbeben hatten die Dorfbewohner mit den Reparaturen alle Hände voll zu tun und mussten sich zugleich noch um die Vorbereitungen für das Fest kümmern. Tibor ließ seine Töpferscheibe von früh bis spät im Kreis sausen, um neue Krüge, Teller und Becher zu fertigen, weil einiges zu Bruch gegangen war. Soeve, die neue Schneiderin, legte letzte Hand an die Kostüme der Reiter und Reiterinnen und ließ alle zur Anprobe antreten. Diane ging zur Jagd, um Wildschweine, Hasen und Rieseneidechsen zu erlegen. Die Fischer flickten ihre Netze, um kurz vor dem großen Tag besonders reichen Fang zu machen, und aus dem Backhaus zogen die süßesten Düfte durch die Gassen. Ständig hörte man Fatia schimpfen und zetern, wenn sie wieder jemanden beim Stibitzen erwischte. Dabei war es eigentlich genau wie immer: Jedes Jahr buk sie doppelt so viele Kekse, Kuchen, Waffeln und Honigröllchen, wie für das Fest gebraucht wurden, weil die Hälfte unter mysteriösen Umständen aus dem Backhaus verschwand.

Besonders hektische Betriebsamkeit herrschte jedoch in der Schenke. Sogar abends, wenn die anderen sich auf dem Dorfplatz versammelten, waren der Wirt und die Wirtin noch mit ihren Helfern zugange. Seit Tagen wurden Ballen von feinstem Tuch hineingetragen, aus denen Soeve Decken und Kissen nähte, Matratzen wurden mit frischem Stroh befüllt, die Wirtin schaffte Vorräte heran, der Wirt putzte und werkelte und man konnte beobachten, wie die beiden von überall her Truhen und Wandbehänge zusammenliehen.

Auch den anderen Dorfbewohnern war dieser Aufwand nicht verborgen geblieben und abends am Feuer wurde darüber getuschelt, während sie die Flechtwerke der Kinder zu langen Girlanden verbanden.
Unterricht fand dieser Tage keiner mehr statt. Die große Tonglocke in der Platane, die sonst die Kinder zusammenrief, blieb stumm und so hatten sie neben ihren üblichen Aufgaben jede Menge Zeit zum Ausreiten.
Tag für Tag durchstreiften Nilla und Luna mit Windtänzer und Mondlicht die Umgebung. Um das Schmaltal machten sie einen weiten Bogen. Aber es gab auch noch genug anderes zu entdecken, vor allem jetzt, da Mondlicht mit einer Leichtfüßigkeit und Anmut galoppierte, die Nilla ihr gar nicht zugetraut hatte. Noch war Windtänzer der Stute überlegen, was die Schnelligkeit betraf, und Nilla ging davon aus, dass das auch so bleiben würde.
Immer konnte Jun nicht auf seinen Lehrling verzichten, denn so kurz vor dem großen Rennen mussten noch bei so manchem Pferd die Hufe kontrolliert und zum Teil neue Hufeisen angepasst werden, doch sooft es ging, war Tommo mit von der Partie.

Zusammen erkundeten sie die Gegend um das Dorf herum, als würden sie alles zum ersten Mal sehen. Sie entdeckten Tümpel, in denen dickflüssiger Schlamm blubberte. Mancherorts hatte sich auf alles ein dünner Ascheschleier gelegt. An anderen Stellen liefen Risse durch die Landschaft, sodass der Weg abrupt endete und erst ein Stück versetzt weiterging. Mitten in einer rosa-gelb gesprenkelten Blumenwiese südlich des Dorfes hatte sich eine Erdspalte aufgetan, aus der es so wild rauchte und fauchte, dass Mondlicht und sogar Windtänzer und Ikarus zurückschreckten, weil sie dachten, es befände sich ein gefährliches Tier darin. Dabei war es nichts als heiße Luft, die dort entwich.

Im Garten des Windes hatte es gleich mehrere Felsstürze gegeben. Dem Meeresschildkrötenfelsen fehlte der Kopf und der steinerne Seehund war mit der Schnauze nach vorne gekippt und bohrte sich nun in den Boden, als wolle er darin eintauchen.

Doch wo immer sie auch waren, am Ende jedes Tages fanden sie sich vor dem Windtor wieder. Und wenn Tommo nicht mit den beiden Mädchen unterwegs gewesen war, kam er nach der Arbeit nach.

Manchmal war auch Früchtchen da. Die warmen

schwarzen Felsen hatten es ihm offenbar angetan und er hatte ein paar schöne Ritzen ausfindig gemacht, zwischen denen er sich verstecken konnte, wenn es selbst ihm zu heiß wurde. Auch auf ihn übte das Windtor eine Faszination aus. Kein Wunder: Im Gegensatz zu allen anderen spazierte er hinein und heraus, wie es ihm gefiel. Mondlicht, Windtänzer und Ikarus beneideten ihn darum. Und das schien ihm noch mehr zu gefallen: dass ihm kleinen Kerl mit Leichtigkeit gelang, was die Großen nicht schafften.

Wie machte er das nur?, fragte sich Nilla. Sie betrachtete nachdenklich seine Füße, an deren Unterseite sich Lamellen befanden, die magische Haftkraft zu besitzen schienen. „Solche Zauberfüße hätte ich auch gern", sagte sie und kitzelte ihn daran. Denn auch wenn ihr der fauchende Wind weiterhin eine Gänsehaut machte, hätte sie nur zu gerne gewusst, wie es auf der anderen Seite des Windtors aussah.

Nach wie vor hatten sie und die Pferde keine Chance, den Durchgang zu passieren. Obwohl sich seit Tagen ansonsten kein Lüftchen regte, als wolle der Wind sich vor seinem Ehrentag ausruhen, tobte im Windtor der Sturm mit unverminderter Stärke. Dennoch arbeiteten sich Nilla, Luna und Tommo mit jedem Mal ein winziges Stückchen weiter vor und die Hinterteile der Pferde ragten etwas weniger zwischen den beiden Felsen hervor. Nilla hatte die Idee gehabt, im Durchgang mit einem Stein an der Felswand einzuritzen, wie weit man gekommen war, doch dafür war es einfach zu windig. Luna fand schließlich die Lösung: Die, die draußen warteten, markierten auf dem Boden, wie weit die anderen noch herausguckten. So ließen sich die Fortschritte gut nachvollziehen.

Die größten Erfolge feierte Mondlicht, die auch mit Abstand am meisten Ausdauer bewies. Nilla und Tommo gaben manchmal nach nur ein oder zwei Runden auf und spielten stattdessen mit dem zahmen Gecko und fütterten ihn mit Drachenfrüchten.

Luna und Mondlicht dagegen nahmen oft drei, vier oder fünf Anläufe, um das Windtor zu bezwingen, bis sie völlig verschwitzt und erschöpft waren. Vor allem Mondlicht konnte gar nicht genug davon bekommen. Sie schien der Ehrgeiz gepackt zu haben.

„So wie ihr euch abrackert, wollt ihr das Rennen wohl gewinnen“, meinte Tommo eines Nachmittags.

Luna lachte. „Na klar. Zieht euch schon mal warm an.“

Noch vor ein, zwei Wochen wäre Nilla nicht auf die Idee gekommen, dass Luna überhaupt teilnehmen wollte, aber jetzt sah die Welt anders aus.
Nach dem Training ließen sie die Pferde am Fluss trinken, futterten, was sie im Backhaus ergattert und unterwegs gesammelt hatten, legten sich möglichst flach in das steinige Flussbett und ließen sich anschließend in der Sonne trocknen. Nach und nach nahm Lunas Haut einen zarten Goldton an und ihre langen Haare wurden von der Sonne immer heller, bis sie fast weiß waren. Sie bekam massenhaft Sommersprossen auf der Nase, und das sah nicht nur lustig aus, sie lachte auch viel mehr als früher.
Mondlicht hatte sich ebenfalls verändert und war viel mutiger geworden. Nur der Gecko war ihr nach wie vor suspekt und sie erlaubte ihm nicht, auf sie zu krabbeln, so wie er es bei Windtänzer und Ikarus machte. Obwohl sie noch immer schlank und zierlich war, zeichneten sich nun deutlich Muskeln unter dem glänzenden schwarzen Fell ab und ihre Augen blitzten.
Am Ende der Woche war Nilla sich nicht mehr so sicher, ob Mondlicht nicht doch mit Windtänzer mithalten konnte – auch vom Tempo her.

Nur eines hatte sich nicht geändert: Wann immer die Rede auf Windhoka und ihre Eltern kam, hüllte sich Luna in Schweigen. Ein paar Vorstöße hatte Nilla zwar noch unternommen, aber Luna drückte sich jedes Mal um Antworten und tat so, als hätte sie Nilla nicht gehört. Oft kuschelte sie einfach schnell mit Mondlicht oder verschwand noch mal im Windtor und einmal zettelte sie sogar eine Wasserschlacht an.
Und währenddessen strich der Wind sanft über die Insel und wiegte die Bergin in den Schlaf und der Mond nahm ein letztes Mal zu und im fernen Windhoka brach eine Gruppe Reiter auf.

Tagelang hatte die Sonne vom wolkenlosen Himmel gestrahlt. Nun rückte vom Meer her eine Wolkenbank mit Regen an und graue Schlieren, die aussahen wie Pferdeschweife, reichten auf breiter Front bis aufs Wasser hinab.
„Guck mal, das Meer wird ganz nass“, kicherte Luna.
Nilla grinste. „Und wir bestimmt auch gleich, wenn wir nicht zusehen, dass wir nach Hause kommen.“
Es war der Tag vor dem Windfest und die Mädchen hatten beschlossen, noch einmal ausführlich am Strand

zu trainieren, auf diesem ganz speziellen Untergrund, der so viele verschiedene Gesichter hatte und mal hart wie Stein und dann wieder weich und nachgiebig war, sodass die Hufe tief einsanken. Da in der Perlenbucht bereits der Parcours aufgebaut wurde, waren sie zum Silberstrand geritten, einem der wenigen hellen Strände der Insel, der im harten Licht der Mittagssonne richtiggehend silberweiß leuchtete.

Nachdem sie den Strand ein ums andere Mal in halsbrecherischem Tempo entlanggaloppiert waren, lagen sie erschöpft im Schatten einer Düne und spürten das Prickeln der Sandkörnchen wie winzige Nadelstiche im Gesicht. Die Augen hatten sie geschlossen, damit nichts hineinkam, und den Mund auch, sonst knirschte es einem hinterher zwischen den Zähnen.

Auf dem Rückweg frischte der Wind auf und die Wolken holten sie doch noch ein. Erst nieselte es nur, dann wurden die Tropfen immer dicker. Im strömenden Regen verabschiedeten sich die Mädchen auf der Wiese ein letztes Mal vor dem Rennen von ihren Pferden und flauschten ihnen ausgiebig die nassen Mähnen.

„Ruh dich gut aus, morgen ist unser großer Tag!“, flüsterte Nilla Windtänzer noch zu, ehe sie ging.

An diesem Abend konnte Nilla lange nicht einschlafen. Dabei hatten sie und Luna sich extra zeitig hingelegt, um für das Rennen fit zu sein. Laut trommelte der Regen auf das Dach der Hütte und laut trommelte Nillas Herz in ihrer Brust, so aufgeregt war sie.

Draußen auf der Wiese war Windtänzer ebenfalls nervös und konnte kein Auge zutun. Und das war gut so, denn wer weiß, was sonst geschehen wäre.

# Das Zeichen

Mitten in der Nacht, mitten in der Hütte, mitten im Traum stupste Nilla etwas Feuchtes im Gesicht an.
„Grrrmpf", machte sie und drehte sich weg.
Es stupste wieder.
Nilla schnupperte. Es roch nach Pferd. Es roch nach – „Windtänzer?" Sie fuhr hoch und wäre beinahe gegen ihn gerumst. „Was machst du denn hier?", flüsterte sie. Ihr Blick huschte zum Durchgang der Schmiede hinüber, aber es brannte kein Licht mehr und auch Luna schlief tief und fest. „Wenn Meister Jun dich hier erwischt, gibt es Ärger." Sie wollte ihre Wange an seiner reiben, doch Windtänzer wich aus und drückte seine Stirn unsanft gegen ihre.
Sofort nahmen die Bilder in ihrem Kopf Gestalt an. Mondlicht, die unruhig tänzelte.

Mondlicht, die aufgewühlt den Kopf hin und her warf. Mondlicht, die – und an dieser Stelle keuchte Nilla auf – in die Dunkelheit davongaloppierte.
Nilla schluckte. Bei der Verlorenen Herde! Die Stute war weggelaufen!
Mit einem Satz sprang Nilla auf und Windtänzer und sie rumpelten doch noch mit den Köpfen zusammen. Während sie sich die Stirn rieb, betrachtete sie die schlafende Luna. Sollte sie sie wecken?
Dann entschied sie sich dagegen und folgte Windtänzer nach draußen. Es galt keine Zeit zu verlieren.
Sie mussten Mondlicht suchen und zu zweit auf Windtänzers Rücken wären sie nicht schnell genug – das hatte Mondlicht am Strand eindrucksvoll bewiesen.
Nilla war kaum aufgesessen, da trabte Windtänzer schon an. Im Galopp preschten sie an den letzten Hütten des Dorfes vorbei und an den Apfelbäumen entlang Richtung Pferdewiese.
Nilla sah sich hektisch um. Der Regen hatte aufgehört, doch noch immer hingen dicke Wolken am Himmel, sodass es schwer war, in der Dunkelheit die Pferde auszumachen – noch dazu ein schwarzes. Aber Windtänzer stürmte sowieso ungebremst weiter.

„He, brrrr!“, rief Nilla und wollte ihn zurückhalten. „Lass mich erst mal bei der Herde nachseh–“

Doch Windtänzer stemmte sich gegen sie, warf den Kopf herum, buckelte und preschte mit einem so gewaltigen Satz hinaus auf die weite Grasebene, dass es Nilla fast von seinem Rücken riss. Schleunigst krallte sie sich in seine Mähne. Sie gab sich Mühe, sich nicht zu versteifen, sondern möglichst gut mit seinen Bewegungen mitzugehen, und versuchte, ruhig zu atmen, auch wenn sie ebenso angespannt war wie er.

„Ruhig, ganz ruhig!“, sagte sie immer wieder mit tiefer Stimme, wie sie es von Jun gelernt hatte, und das half nicht nur ihm, sondern auch ihr.

Im Galopp durchmaßen sie die Ebene. Immer wenn der Mond kurz herauskam, verwandelte er das hüfthoch wogende Grasland in ein Meer aus Silber und sie konnten weit blicken. Dann wieder wurde es so rappenschwarz, dass Nilla kaum die Hand vor Augen erkennen konnte, und sie versuchte, Windtänzers Tempo wenigstens etwas zu zügeln. Denn auch wenn er hier jeden Stein und jeden Grashalm kannte, war es nicht ungefährlich, bei Nacht so schnell zu reiten.

Vor dem Eingang zum Schmaltal machten sie kehrt.

Nilla konnte sich beim besten Willen nicht vorstellen, dass Mondlicht freiwillig dorthin zurückkehren würde. Stattdessen versuchten sie ihr Glück am nördlichen Ende der Ebene.
Endlich lockerten die Wolken ein wenig auf. Nur noch ein dünner Schleier lag vor dem Mond.
Und da stand sie:
Mondlicht, den edlen Kopf hoch erhoben, die Ohren gespitzt.

Nilla parierte Windtänzer zum Trab durch. Sie durften Mondlicht nicht erschrecken, sonst würde sie fliehen. Behutsam näherten sie sich. Noch hatte die Stute sie nicht bemerkt. In diesem Moment zog der Nachtwind das Wolkentuch mit einem Ruck ganz weg. Eine kräftige Böe blies Mondlicht die Mähne aus der Stirn und ein Mondstrahl traf sie an einer Stelle, die sonst verdeckt war, ein, zwei Handbreit oberhalb ihrer Augen. Das milchige Licht ließ dort ein Abzeichen in ihrem Fell aufblitzen. Klein war es und so dicht am Haaransatz, dass Nilla es noch nie zuvor bemerkt hatte. Doch nun erstrahlte es hell und silbrig im Mondschein.
Der Anblick raubte Nilla den Atem und auch

Windtänzer betrachtete das Schauspiel fasziniert.
„Wahnsinn!“, entfuhr es Nilla. Sie kannte diese Mondsichel – allerdings nur aus Juns Büchern. Auf Mondlichts Stirn prangte das Zeichen der Verlorenen Herde!
In diesem Moment blähte die Stute die Nüstern, drehte den Kopf und sah in ihre Richtung.
Nilla erwachte aus ihrer Erstarrung. „Mondlicht“, rief sie gedämpft. „Ruhig, ganz ruhig. Wir sind's nur, Nilla und Windtänzer. Komm mit uns.“
Mondlicht stieg. Ihre Vorderbeine traten wild in die Luft. Dann preschte sie los und galoppierte Richtung Süden davon, als würde sie um ihr Leben laufen.
Windtänzer rief mit einem Wiehern nach ihr, um sie zum Stehenbleiben zu bewegen. Vergebens. Jetzt bereute es Nilla, dass sie Luna nicht mitgenommen hatte. Auf sie hätte Mondlicht gehört.
Sicherlich …
Vermutlich …
Vielleicht …

Nilla gab Windtänzer einen kräftigen Schenkeldruck, doch er sprintete ohnehin schon los, Mondlicht

hinterher. Seine Schritte wurden lang und länger, sein ganzer Körper schien zu wachsen, als er in einen gestreckten Galopp fiel.

Ebenso wie Windtänzer dahinraste, rasten auch Nillas

Gedanken, während sie versuchte, Mondlicht im Auge zu behalten. Was hatte das alles zu bedeuten? Wieso trug sie das Zeichen der Verlorenen Herde? Stammte sie etwa von der dunklen Seite? Und Luna auch?

Es ergab Sinn. Deshalb hatte Luna immer abgeblockt, wenn Nilla sie nach Windhoka und ihren Eltern gefragt hatte.

Dann schüttelte Nilla den Kopf. Unmöglich! Niemand war je von dort herübergekommen. Die Himmelsbrücke war nichts als eine Legende.

All das wirbelte Nilla durch den Kopf, während sie Mondlicht verfolgten. Aber sosehr Windtänzer sich ins Zeug legte, der Abstand zu Mondlicht wuchs! Windtänzers Flanken bebten, er atmete schwer und auch Nilla war völlig außer Atem, während Mondlicht wie schwerelos galoppierte – sie musste ja auch keine Reiterin tragen. Von einem silbernen Schein umgeben wie der Mond selbst, schien sie nur so dahinzufliegen. Dicke Wolken hatten sich wieder über den Vollmond geschoben und auf einmal lag das Gräsermeer in Finsternis. Nur hier und da durchbrachen einzelne Sterne die Wolken und warfen einen zaghaften Schein zur Erde, aber es war nicht genug.

Mondlicht hatte sie abgehängt, war in den Wogen der Dunkelheit untergetaucht wie ein Fisch. Nilla starrte in die Nacht und konnte es nicht fassen.

Wo war die Stute? Wo wollte sie hin? Zurück zur Herde? Zum Dorf?

Im ersten Moment atmete Nilla auf. Mondlicht lief nach Hause. Doch dann, als sie spürte, wie unruhig Windtänzer war, beschlich sie ein ungutes Gefühl, das sich einfach nicht vertreiben ließ.

Sie hatte Mondlicht und Luna in den letzten Wochen immer wieder beobachtet. Das Band zwischen den beiden war so stark … Was auch immer die Stute von der Herde weggetrieben hatte, welchem Ruf sie folgte, niemals würde sie Luna zurücklassen. Hatte Mondlicht Nilla so weit weggeführt, um einen Vorsprung zu gewinnen? Um Luna aus der Sicherheit der Hütte und aus Juns Obhut wegzuholen? Und sie, Nilla, die eigentlich neben ihr schlafen sollte, war heimlich abgehauen und hatte Luna im Stich gelassen …

Nilla blieb nichts anderes übrig, als zurückzureiten. Diesmal gehorchte Windtänzer aufs Wort. Vielleicht hoffte auch er, Mondlicht dort zu finden.

Sie sahen die Lichter, lange bevor sie die Wiese erreichten. Erst waren sie dicht an dicht, dann zerstreuten sie sich in alle Himmelsrichtungen. Es waren Fackeln!, wurde Nilla klar. Und Suchtrupps! Das ungute Gefühl wurde zur Gewissheit. Irgendetwas war geschehen.

Eines der Lichter bewegte sich genau auf sie zu. Nilla ritt ihm entgegen. Als sie näher kam, erkannte sie Tommo mit einer Kronreiterin.

„Tommo!" Nilla winkte.

„Nilla, bist du das?", rief Tommo ihr entgegen.

Die Kronreiterin blickte sich hektisch um. „Bist du allein? Was machst du hier mitten in der Nacht?" Doch sie wartete die Antwort gar nicht ab. „Weißt du, wo Luna steckt?" Ihre Stimme klang ein wenig schrill.

Nillas Magen krampfte sich zusammen. „Ist sie denn nicht zu Hause, bei Jun?"

Die Kronreiterin schüttelte den Kopf. „Nein. Meister Jun hat sich auch auf die Suche nach ihr gemacht." Sie sah Nilla eindringlich an. „Hast du wirklich überhaupt keine Ahnung, wo sie und Mondlicht sein könnten?", fragte sie noch einmal. „Du bist doch ihre Freundin."

*Ihre Freundin*, hallte es in Nilla nach. Waren Luna und

sie Freundinnen? Ja!, stellte sie mit Erstaunen fest. Waren sie. Jedenfalls hatte sie schrecklich Angst um Luna und Mondlicht. So richtig. Ihr Herz wummerte laut wie Juns Schmiedehammer.

Und noch etwas hallte in ihr nach. *Hast du wirklich überhaupt keine Ahnung, wo sie und Mondlicht sein könnten?*

Eine vage Ahnung hatte sie vielleicht doch.

Es war nicht mehr als ein Hoffnungsschimmer. Und wenn es herauskäme, würde es mächtig Ärger geben, so viel war klar. Und klar war auch, dass die Erwachsenen Nilla niemals würden mitkommen lassen, wenn sie ihnen davon erzählte.

Die Kronreiterin sah sie auffordernd an. Aber Nilla zuckte nur mit den Schultern. „Leider nein", sagte sie.

„Gut", meinte die Kronreiterin. „Oder vielmehr *nicht gut.* Du reitest jetzt schleunigst nach Hause und wartest dort, falls Luna wiederauftaucht." Es war keine Frage und auch keine Bitte, sondern ein Befehl. Als Nilla nichts erwiderte, wandte die Frau sich an Tommo: „Und du begleitest sie."

„Was?", rief Tommo und guckte sie an, als hätte sie nicht mehr alle Eisen an den Hufen. „Wieso das denn? Nilla findet den Weg auch sehr gut alleine."

Die Kronreiterin zögerte.
Schnell schüttelte Nilla den Kopf. „Also ich … mir wäre es lieber, wenn du mich begleitest … wenn Jun *auch* nicht da ist.“ Sie sah ihn eindringlich an, aber irgendwie schien das im Dunkeln unterzugehen, also verpasste sie ihm unauffällig einen Tritt gegens Bein.
Tommo stieß einen unterdrückten Schmerzenslaut aus. „Au … Au ja. Ähm. Stimmt, in letzter Zeit hast du dich ja immer gefürchtet allein.“
Die Frau nickte. „Es bleibt dabei. Ihr reitet zusammen.“ Damit gab sie ihrer Stute einen kräftigen Schenkeldruck und sprengte davon.
Tommo sah der Kronreiterin nach, wie sie in der Dunkelheit verschwand, dann wandte er sich kopfschüttelnd an Nilla. „Was sollte das eben? Die hätten mich gut bei der Suche brauchen können.“
Nillas Augen funkelten. „Ich kann dich auch gut bei der Suche brauchen! Ich hab da so eine Idee. Wovon kann Mondlicht nie genug kriegen?“, half sie ihm auf die Sprünge, als er sie verständnislos ansah.
In Tommos Augen blitzte die Erkenntnis auf. „Meinst du, sie sind trainieren? Dann nichts wie los zum Windtor!“, rief er.

Nilla nickte. Sie glaubte nicht, dass die beiden mitten in der Nacht noch eine Trainingsstunde einlegen wollten. Doch sicher war, dass Mondlicht fasziniert vom Windtor war. Und dass es nahe der Wolkenschlucht lag – und damit nahe an der dunklen Seite …

Durch die Grasebene konnten Nilla und Tommo galoppieren, weil es dort keine Hindernisse gab, am Fluss jedoch mussten sie ihr Tempo drosseln. In der Finsternis kamen sie auf dem schmalen Pfad, der stetig auf und ab ging, nur langsam voran. Ständig schlugen ihnen und ihren Pferden Äste ins Gesicht. Doch Windtänzer und Ikarus beschwerten sich nicht, sondern setzten ihre Schritte hoch konzentriert. Glücklicherweise kam ihnen der Wind zu Hilfe und blies die Wolken weg, sodass der Mond ihnen den Weg leuchtete.
Unterwegs berichtete Nilla Tommo, dass Mondlicht das Zeichen der Verlorenen Herde trug.
„Sicher?“, fragte Tommo hinter ihr. Seine Stimme klang skeptisch.
Nilla nickte. „So sicher, wie Fische im Meer sind.“
„Hm“, machte Tommo. „Und was bedeutet das?“
Nilla seufzte. „Wenn ich das wüsste.“

Sie passierten ihre alte Badestelle mit den beiden Drachenbäumen. Von hier aus war es nicht mehr weit. Bald machte der Fluss eine scharfe Biegung und sie waren da.

Vor ihnen ragte das Windtor auf. Direkt darüber hing der Mond, rund und silberweiß und unwirklich wie ein strahlendes Bild an einer schwarzen Wand. Doch von Luna fehlte jede Spur.

Nilla und Tommo sahen sich an.

„Und jetzt?", fragte Tommo.

Nilla zuckte die Achseln. „Jetzt weiß ich auch nicht weiter." Sie ließ sich von Windtänzers Rücken gleiten und strich ihm über die Nase. „Hast du noch eine Idee?", fragte sie ihn und er senkte den Kopf und schmiegte seine Nüstern in ihre Hand. Nilla war genauso enttäuscht wie er. Sie hatte so sehr gehofft, die beiden hier zu finden.

Ratlos trat sie direkt vor das Felsentor. Der Wind darin heulte besonders unheilvoll und jämmerlich – oder kam ihr das nur so vor, weil sie selbst so niedergeschlagen war? „Na, du hast wohl auch miese Laune", murmelte sie.

Eine Woge der Verzweiflung überspülte Nilla. Sie schlug

mit der Faust gegen den rauen Fels und schickte noch einen Fußtritt hinterher. Ein paar kleine Steinchen lösten sich und prasselten zu Boden.

Nilla presste die Augen zusammen, um die Tränen wegzublinzeln. Als sie sie wieder öffnete, war ihr Blick verschwommen. Doch ein seltsames Funkeln ließ sie genauer hinsehen. Zwischen Kieseln und Erde lag eine silberne Kette mit einem Mondstein. Lunas Kette!

Nilla bückte sich, um sie aufzuheben, und ein bläulich weißer Schimmer glitt über den Stein. Die Kette war gerissen, die Enden baumelten lose in ihrer Hand. Jetzt entdeckte Nilla auch die Hufspuren. Die konnten nicht alt sein, denn es hatte kräftig geregnet.

Und das konnte nur eines bedeuten …

Nilla starrte ins Windtor, in dem ein türkisblaues Flirren lag. „Tommo!", krächzte sie. „Tommo! Luna ist … Sie sind …" Sie deutete auf das Windtor. „… durch!"

Tommo sah sie entsetzt an. „Aber da drüben ist doch die Schlucht!"

„Ganz genau." Nilla sah Windtänzer in die Augen. „Luna und Mondlicht sind in Gefahr", erklärte sie ihm. „Wir müssen hinterher. Meinst du, du kriegst das hin?"

Windtänzer sah sie aufmerksam an. Dann nickte er.

# Die Himmelsbrücke

„Euer Ernst?“, fragte Tommo.

„Unser voller Ernst“, sagte Nilla.

Damit saß sie auf. Windtänzer scharrte mit den Hufen, dann nahm er Anlauf wie noch nie. Im einen Moment stand noch der Vollmond über ihnen, im nächsten tauchten sie in ein rauschendes, brausendes Meer aus Schwärze und türkisblauem Schimmer.

Der Wind warf sich ihnen mit aller Macht entgegen und Windtänzer warf sich mit aller Macht dem Wind entgegen. Sandkorn um Sandkorn arbeitete er sich vor. Nilla schloss die Augen und schmiegte sich eng an seinen Hals. „Du schaffst das“, rief sie ihm zu, doch ihre Worte gingen im Sturm unter. „*Wir* schaffen das. Gib alles. Schneller!“

Sie spürte deutlich, wie Windtänzers Muskeln unter

ihr arbeiteten, spürte die Hitze, die von ihm ausging, während er wie wild galoppierte. Aber es war, als würde er gegen eine unsichtbare, weiche Wand rennen. So kamen sie nicht vom Platz.

Nillas Kehle wurde eng. „Bitte, bitte, Wind", flehte sie, „lass uns durch. Luna und Mondlicht brauchen uns. Mondlicht hast du doch auch durchgelassen."

Kurz nahm das Tosen einen anderen Tonfall an, wie ein heiseres, trauriges Lachen.

Wieder stieg Wut in ihr auf, während Windtänzer weiter wie um sein Leben galoppierte und sein Keuchen fast schon das Heulen des Windes übertönte. „Na gut", schrie Nilla. „Dann haben sie es eben aus eigener Kraft geschafft, aber *uns* musst du helfen. Wir packen das sonst nicht."

Für einen Moment wurde der Wind leiser, als lausche er ihren Worten, dann brauste er wieder auf.

Windtänzers Kopf ging auf und ab, so verzweifelt arbeitete er, doch er kam an seine Grenzen. Windtänzer spürte es. Nilla spürte es.

Nein! Das durfte nicht sein!

„Lass! Uns! Durch! Verdammt!", schrie sie in den Sturm hinein, der daraufhin nur noch wilder wütete.

Nillas Gedanken rasten und rauschten. Wo hatte Mondlicht nur die Kraft hergenommen?, fragte sie sich. Die Stute trug das Zeichen der Verlorenen Herde. Lag es daran? War es die Sehnsucht nach ihrer Ursprungsherde, der Verlorenen Herde, die ihr regelrecht Flügel verliehen hatte, um sogar den Wind zu bezwingen? *Bezwingen, bezwingen, zwingen, singen*, echote es in ihrem Kopf.

Da kam ihr auf einmal eine Melodie in den Sinn. Ein kleines Lied, das Jun dem Wind sang, während er ihm seine Gaben darbrachte, um ihn friedlich zu stimmen. Gaben hatte Nilla keine, aber das Lied, das kannte sie. Sie sang mit leiser Stimme: „*O Wind, des Himmels Kind, sei gnädig uns, die wir hier unten sind …*“

Der Sturm riss ihr die Worte hastig von den Lippen, dann wurde ihre Stimme lauter und fester: „*… wehst ausgelassen, stürmst durch die Gassen, lässt dich nicht fassen, lässt dich nicht bezwingen. Ich kann nur singen, kann nur bitten: Komm nicht zu wild geritten. Ich hab geträumt, du bist ein Freund.*“

Voller Inbrunst schleuderte Nilla die Worte in die Dunkelheit und das Tosen hinein. „Du bist doch mein Freund!“, schickte sie noch laut und verzweifelt hinterher, als das Lied zu Ende war. „Und ich bin Lunas

Freundin! Und jetzt braucht sie unsere Hilfe! Verstehst du?“

Die Dunkelheit blieb, doch das Tosen schwächte sich zu einem Brausen ab und bald war das Brausen nur mehr ein Sausen.

„Los, Windtänzer!“, schrie Nilla da und drückte ihm die Schenkel in die Flanken. „JETZT!“

Und tatsächlich: Sie kamen voran. Nicht mehr Sandkorn um Sandkorn, sondern Huflänge um Huflänge kämpfte Windtänzer sich vor und Nilla sang aus Leibeskräften und feuerte ihn an.

Dann gab das Windtor sie unvermittelt frei und Windtänzer stolperte nach vorne und musste scharf abbremsen.

Sie hatten es geschafft. Sie hatten es wirklich geschafft!

Doch zum Jubeln blieb ihnen keine Zeit.

Sie befanden sich auf einem schmalen, lang gezogenen Sims. Hinter ihnen ragte das Windtor auf. Vor ihnen gähnte der Abgrund der Schlucht.

Darüber spannte sich eine Brücke.

Und direkt davor standen Luna und Mondlicht!

Nilla unterdrückte einen Schrei.

Die Himmelsbrücke! Es gab sie also doch.

Und sie machte ihrem Namen alle Ehre, spannte sie sich doch mitten hinein in undurchdringliche Wolken, die aus der Tiefe der Schlucht emporwuchsen, sodass man weder den Abgrund noch die andere Seite sehen oder auch nur erahnen konnte. Der Riss in der Erdkruste musste gewaltig sein, wenn solch heiße Dampfmassen aufstiegen. Auch die Brücke selbst wallte und schimmerte silberweiß, als wäre sie aus Wolken und Mondschein gemacht.

An ihrem Fuße stand Mondlicht. Luna hatte die Arme um ihren Hals geschlungen und sie schienen uneins, ob sie die Brücke überqueren sollten oder nicht. Die Stute zog zur Brücke hin. Schritt für Schritt tastete sie sich rückwärts darauf zu und das Zeichen der Verlorenen Herde strahlte hell auf ihrer Stirn, wenn sie den Kopf hin und her warf, dass ihre Mähne flog.

Luna wiederum stemmte sich dagegen. Die beiden waren so in ihren stummen Kampf, ihr verzweifeltes Ringen verstrickt, dass sie Windtänzer und Nilla gar nicht bemerkten.

Mit eindringlicher Stimme sprach Luna auf die Stute ein. Nilla konnte sie zwar nicht verstehen, weil hinter ihr

das Windtor heulte, wusste aber auch so, dass Luna sie anflehte, stehen zu bleiben. Doch Mondlicht wirkte, als würde sie Luna gar nicht wahrnehmen, ja, als würde sie von unsichtbaren Fäden gezogen. Ihre Augen waren weit aufgerissen, die Nüstern geweitet, die Ohren zuckten.
Nilla lauschte angestrengt. Bildete sie sich das nur ein oder war da über all den Lärm hinweg Wiehern zu vernehmen? Nicht nur von einem einzelnen Pferd, sondern von vielen? Wie ein Ruf von der anderen Seite durch Wolken und Dampf?
Nilla wollte schreien, bekam jedoch keinen Ton heraus.
„Luna! Mondlicht!", wisperte sie und Tränen liefen ihr übers Gesicht.
Die beiden hörten sie nicht. Wieder zog Mondlicht Luna ein Stück weiter mit sich. Schon stand die Stute mit einem Huf auf der Brücke.
Nilla ließ sich von Windtänzers Rücken gleiten und sah sich Hilfe suchend um. Wo blieb Tommo nur?
Doch es war weit und breit kein Tommo in Sicht. Sie waren auf sich gestellt.
Da ließ Windtänzer ein lautes, lang gezogenes Wiehern ertönen. Mondlicht hob den Kopf und sah in ihre Richtung. Ihr Blick war seltsam glasig, als wäre sie weit

weg. Windtänzer wieherte erneut. Ganz langsam, Schritt für Schritt, ging er auf die beiden zu, um Mondlicht nicht zu erschrecken und weiter auf die Brücke hinauszutreiben.

Nun fand auch Nilla, die ihm gefolgt war, endlich ihre Stimme wieder. „Luna!“, rief sie leise. „Luna, wir helfen euch.“

Windtänzer prustete sanft zu ihren Worten.

Mondlicht wich zurück. Jetzt stand sie mit drei Hufen auf der Brücke. Nilla und Windtänzer erstarrten.

Luna wandte den Kopf zu Nilla und sah sie verzweifelt an. „Sie will unbedingt hinüber. Ich kann sie nicht davon abhalten. Aber wenn sie geht, gehe ich mit. Nie wieder will ich von ihr getrennt sein.“

Nilla schüttelte den Kopf. „Aber … aber es gibt kein Zurück. Ihr müsst hierbleiben! Wir sind doch Freunde!“

Luna grub die Fersen in den Boden und die Stute hatte keine andere Wahl, als ebenfalls stehen zu bleiben.

„Ohne Mondlicht … das halte ich nicht aus.“ Luna klammerte sich fester an die Stute.

„Nein!“, rief Nilla. „Nicht! Wenn sie merkt, dass du mitkommst …“

Da geschah es auch schon. Mondlicht machte den

nächsten Schritt zurück, weil sie instinktiv spürte, dass Luna sie nicht loslassen würde.
„Was sollen wir denn jetzt machen?“, flüsterte Nilla Windtänzer zu. „Kannst du Mondlicht nicht mit irgendetwas zurücklocken? Ihr seid doch auch Freunde!“
Mondlicht zog unbeirrt weiter. Nun stand sie ganz auf der Brücke und ihre schwarzen Hufe versanken in wolkigem Weiß.
Windtänzer nickte Nilla zu. Diesmal ging nur er einen Schritt weiter, während sie zurückblieb. Mit gesenktem Kopf näherte er sich der Stute und schnaubte beruhigend. Direkt an der Abbruchkante blieb er stehen, reckte den Kopf vor, an Luna vorbei, berührte Mondlicht sanft mit den Nüstern und rieb seine Nase an ihrer.
Rührung stieg in Nilla auf. Es war eine unglaublich zärtliche Geste. Dann machte Windtänzer den Hals noch länger und begann, Mondlicht zu beknabbern. Sie lehnte sich ihm entgegen. Auf einmal schien sie nicht mehr so sicher, ob sie wegwollte. Stattdessen schüttelte sie den Kopf, als wäre sie aus einem Traum erwacht, und blickte Luna mit neuer Aufmerksamkeit an.
Luna spürte es auch. Sie warf Nilla einen Blick zu,

die ihr zunickte, woraufhin sie einen winzigen Schritt rückwärts machte und Mondlicht ein paar Huflängen zu ihnen zurückholte.

Mit angehaltenem Atem sah Nilla zu. Dass Windtänzer so nah am Abgrund stand, behagte ihr gar nicht. Was, wenn plötzlich eine kräftige Böe heranrauschte?

Dann kniff sie die Augen zusammen. Oder was wäre, wenn der Wind von der *anderen* Seite käme, von der Schlucht her, und Mondlicht zu ihnen drängen würde?

Einen Versuch war es wert. Wieder stimmte sie ihr Lied an. Unsicher erst, dann lauter.

Ob Zufall oder nicht – gleich darauf preschte eine Böe heran. Und so wie die Brücke wankte und schwankte, geriet auch Mondlichts Entschlossenheit ins Wanken. Das Geschaukel war ihr unheimlich.

Sie wollte festen Boden unter den Hufen. Sie wollte zu ihrem Freund. Sie wollte zu Luna. Sie wollte aber auch hinüber zu ihrer Herde. Sie war hin- und hergerissen.

Wieder rauschte der Wind heran und schüttelte die Brücke, die auf einmal zu wabern begann und vor Nillas Augen verschwamm.
Mondlicht scheute und wollte den rechten Vorderhuf zurück auf die Felskante setzen, doch er ließ sich nicht lösen. Ranken aus Mondschein hatten sich um ihre Fesseln geschlungen und hielten sie fest. Die Stute stieß ein ängstliches Wiehern aus und Windtänzer wieherte mit. Luna zerrte und Nilla war mit einem Satz bei ihr und packte mit an.

Währenddessen spuckte das Windtor hinter ihrem Rücken doch noch jemanden aus.
Auf leisen Sohlen wuselte eine klitzekleine sonnengelbe Gestalt durch die Nacht heran, reckte den dornenbesetzten Kopf und flitzte an Nilla, Luna und Windtänzer vorbei.
„Früchtchen“, keuchte Nilla. „Was machst du denn hie–?“ Weiter kam sie nicht.
Der Gecko wusste offenbar ganz genau, was er hier machte. Unbemerkt von Mondlicht huschte er unter ihr hindurch auf die Brücke hinaus. Dort machte er urplötzlich kehrt und stieß ein lautes Keckern aus.
*Tokääh-tokääääh!*, schrie er und stellte drohend seinen Nackenkamm auf.
Mondlicht erschrak so sehr, dass ein heftiger Ruck durch ihren Körper lief und sie mit aller Macht die Hufe losriss und die Fesseln aus Silberschein sprengte. Mit einem Satz war sie zurück auf festem Boden, während hinter ihnen die Brücke zerfaserte und wogte.
„Nichts wie weg hier“, brüllte Nilla und sie rannten zum Windtor.
Im nächsten Moment tauchten sie in den Durchgang ein, wurden gepackt und mit so viel Schwung auf der

anderen Seite ausgespien, dass sie erst nach mehreren Pferdelängen zum Stehen kamen.
Dann lagen Nilla und Luna sich plötzlich in den Armen. Windtänzer schob seine Schnauze dazwischen und Mondlicht ebenso und die Mädchen umarmten auch die Pferde und so standen sie lange da.
Früchtchen nutzte die Situation schamlos aus und turnte auf ihren Köpfen herum und keckerte laut, als wolle er sagen: „Und was ist mit mir?"
Lachend nahm Luna ihn auf die Hand und streichelte ihn.
Und Nilla gab ihm sogar ein Küsschen auf den Stachelkopf und sagte: „Du bist unser Held! – Apropos Held", meinte sie dann und sah sich verwirrt um. „Wo ist Tommo eigentlich? Tommo!", rief sie in die Dunkelheit. „Tommo, Ikarus, wo seid ...?"
In diesem Augenblick ertönte hinter ihnen ein unheimliches ohrenbetäubendes Grollen. Sie fuhren herum und sahen, wie das Windtor wankte. Von oben prasselten kleine Steine herab, ein Riss zickzackte hindurch. Dann polterten die ersten großen Brocken zu Boden und schließlich stürzte das Tor komplett in sich zusammen.

Mit offenen Mündern sahen die Mädchen zu.
Als der Staub sich wieder gelegt hatte, sah Nilla Luna an.
„Ich bin froh, dass es weg ist“, flüsterte sie.
Luna hustete. „Ich auch“, sagte sie und legte den Arm um Mondlicht. „Und jetzt?“
„Jetzt reiten wir erstens nach Hause, halten zweitens Ausschau nach Tommo und holen uns drittens einen Anpfiff von Jun ab.“
Doch es kam anders. Noch während Nilla das sagte, glomm ein Lichtschein in der Dunkelheit auf und kurz darauf tauchten Tommo und Jun zwischen Felsen und Gestrüpp auf.
„Oh-oh“, sagte Nilla. „Oder wir kriegen den Anpfiff gleich hier.“

# Jun macht Kakao und reinen Tisch

Es kam einiges anders, als Nilla gedacht hatte. Jun schimpfte kein bisschen, sondern sprang von Wolkes Rücken, umarmte die beiden Mädchen ganz fest und drückte ihnen einen um den anderen Kuss auf den Scheitel, während Wolke Windtänzer und Mondlicht erst strenge Blicke zuwarf, um sie dann zu beknabbern. Tommo stand daneben, die Hände in den Hosentaschen vergraben, weil er nicht wusste, wohin damit.

„Hervorragend. Ganz hervorragend", murmelte er immer wieder, bis Nilla ihn einfach packte und drückte und Luna es ihr nachtat, woraufhin er mehrmals „Gnade" rief und lachte.

Der Ritt zurück verlief schweigsam.

Mondlicht kam mit ins Dorf. Dort angekommen, schickte Jun Tommo nach Hause und kochte den Mädchen seinen berühmten Kakao, heiß und süß und zimtig. Nilla atmete den Duft tief ein. Früher hatte ihr Jun diesen Kakao immer vor dem Einschlafen gemacht und ihr eine Geschichte erzählt.

Diesmal war es umgekehrt. „Dann erzählt mal", sagte er und setzte sich im flackernden Schein des Feuers zu ihnen auf ihr Strohlager, wo sich auch schon Mondlicht niedergelassen hatte.

Während Nilla und Luna an ihren dampfenden Tassen nippten, berichteten sie ihm, was geschehen war: wie sie das Windtor entdeckt und dort trainiert hatten, wie Windtänzer Nilla nachts geholt hatte, weil Mondlicht verschwunden war, und wie sie die beiden auf der anderen Seite des Windtors wiedergefunden hatten – schon halb auf der Brücke.

Jun hörte zu, ohne sie zu unterbrechen. Nur bei der Himmelsbrücke hakte er ein paarmal nach.

Als sie geendet hatten, stellte er seinen Becher zur Seite und räusperte sich. „Ich schätze, ich schulde euch auch eine Erklärung. Es wird Zeit, dass ihr die ganze Wahrheit erfahrt." Er holte tief Luft. „Ihr kennt ja die

Legende von der Verbotenen Herde. Die Nachkommen der Pferde, die bei jenem gewaltigen Vulkanausbruch von ihren Menschen getrennt wurden, heißt es, leben noch immer auf der anderen Seite, jenseits der Himmelsbrücke.“ Er sah Luna und Nilla an, die nickten. „Aber“, fuhr er fort, „das ist viel mehr als eine Legende. Es hat sich wirklich so zugetragen. Die Spaltung der Insel ist lange her und mittlerweile ist viel davon in Vergessenheit geraten. Doch ab und zu ruft die dunkle Seite immer noch Pferde zu sich. Und manchmal auch Menschen. Niemand ist jemals wieder zurückgekehrt. Also das heißt … kein Mensch. Ein *Pferd* aus der Verlorenen Herde ist tatsächlich entkommen …“

„Mondlicht?“, hauchte Luna und legte ihre Hand auf die Flanke der Stute.

Nilla hielt den Atem an.

Jun sah Luna mit ernstem Blick an. Schatten tanzten über sein Gesicht. „Mondlicht“, wiederholte er. „Bei deiner Geburt kam in der Herde von Windhoka kein Fohlen zur Welt. Deine Eltern waren sehr besorgt. Doch dann tauchte Mondlicht wie aus dem Nichts auf und hat sich als dein Seelenpferd zu erkennen gegeben. Nur durch einen Zufall entdeckten die Gelehrten das

versteckte sichelförmige Zeichen der Verlorenen Herde auf ihrer Stirn." Er verstummte.
„Und dann?", fragte Luna atemlos.
„Weil man Angst hatte, Mondlicht würde dich auf die dunkle Seite der Insel führen, hat man euch nicht mehr hinausgelassen."
Luna biss sich auf die Unterlippe. „Deshalb stand Mondlicht nie bei der Herde, weder tags noch nachts."
Nilla kroch eine Gänsehaut den Rücken hinauf. „Das geht doch nicht!", rief sie. „Pferde brauchen eine Herde. Und einsperren darf man sie erst recht nicht!" Sie umarmte Mondlicht stürmisch, als wolle sie es ungeschehen machen.
Jun legte ihr eine Hand auf den Arm. „Es war zu ihrem Schutz", erklärte er. „Aber du hast recht: Es ging auf Dauer natürlich nicht gut. Mit den Jahren wurde Mondlicht immer unruhiger. Phasenweise war sie friedlich, wirkte eher schwach, dann wieder trat sie mit den Hufen Türen ein und zuletzt ist sie ausgerissen und war tagelang verschwunden. Das war, bevor Luna und sie hierherkamen."
„Meine Eltern dachten, hier bei Meister Jun wären Mondlicht und ich in Sicherheit", schaltete Luna sich

ein. „Er kennt sich mit Pferden aus wie kein anderer. Sie vertrauen ihm … Er hat Mondlicht geheilt.“ Und als Jun lachte, sagte sie: „Na gut, wir beide zusammen. Meine Eltern haben jedenfalls gehofft, dass er mich – uns – vor weiterem Unheil bewahren kann.“

Wieder lachte Jun. „Tja, das hat ja nun eher Nilla getan.“

„Und Windtänzer“, warf Nilla ein.

Mondlicht schnaubte und nickte und Luna nickte mit. In Nillas Bauch breitete sich ein wunderbar warmes Gefühl aus und das kam nicht nur vom Kakao. „Und was ist jetzt mit deinen Eltern?“, wollte sie wissen. „Bist du sauer auf sie, weil sie euch eingesperrt haben? Hast du deshalb nie was von ihnen erzählt?“

„Nein.“ Luna schüttelte den Kopf. „Sie wollten ja nur das Beste für Mondlicht und mich. Sie sind …“ Sie warf Jun einen Blick zu, der nickte. „Sie sind … äh … ich bin …“

„Na, was denn nun?“, fragte Nilla und schlürfte lautstark.

Luna nahm auch einen Schluck und spreizte den kleinen Finger ab, doch als sie Nillas Blick bemerkte, legte sie ihn schnell wieder an. „Ich bin die Prinzessin von Maolis.“

Nilla prustete ihren Kakao quer durch die Hütte. „Bitte?“

Jun nickte. „Es stimmt.“

Nilla starrte Luna an. „Du bist die … äh … Unsichtbare Prinzessin?“

Luna grinste. „Na ja, ich hatte schon das Gefühl, dass du mich ganz gut sehen kannst.“

„Sehr witzig“, hustete Nilla. Die Gedanken in ihrem Kopf wirbelten durcheinander, als würde darin ein Sturm toben. „Hast *du* das gewusst, Jun?“

Jun sah Nilla fest in die Augen. „Ja“, sagte er. „Annui, Kaitlin und ich. Aber wir haben versprochen, darüber Stillschweigen zu bewahren. Zu Lunas und Mondlichts Sicherheit. Wir wussten nicht, wie und warum genau Mondlicht aus dem Windpalast verschwunden ist. Ob sie aus eigenem Antrieb ausgerissen ist oder ob jemand sie weggelockt oder gar entführt hat. Deshalb sollte niemand erfahren, dass die Prinzessin und die Stute hier sind. Aber nun ist es ja klar: Mondlicht ist selbst fortgelaufen.“ Er kratzte sich am Bart und nickte bedächtig. „Ich vermute einen Zusammenhang mit dem Vollmond und vor allem dem Windtor, von wo sie den Ruf der anderen Seite vernommen hat. Sie hat

Heimweh nach ihrer Herde. Und sie hat gespürt, dass es hier einen Übergang gibt."

„Hatte denn niemand eine Ahnung, dass der sich hier befindet?", fragte Luna.

Jun schüttelte den Kopf. „Um die Himmelsbrücke ranken sich viele Legenden, aber keiner weiß – oder wusste – wirklich etwas darüber. Ihr seid die Einzigen, die sie je gesehen haben. Alles, was wir wissen, stammt aus der Legende von der Verlorenen Herde und aus einem alten Lied, das besagt, sie wäre *mal hier, mal dort, dann wieder fort.* Und an anderer Stelle heißt es: *Du kannst sie überqueren, den Rückweg wird sie dir verwehren. Drum überlege jeder gut, was er an dieser Stelle tut.*" Er seufzte. „Schwierig …"

„Aber Mondlicht *ist* von der anderen Seite gekommen", murmelte Luna.

Jun wiegte den Kopf hin und her. „Ja, es spricht alles dafür. Wie, das bleibt wohl ihr Geheimnis." Sein Blick ruhte auf der Stute. „Sie ist etwas ganz Besonderes. Du musst gut auf sie aufpassen, Luna. Und auf dich auch … Und noch etwas müsst ihr dringend tun."

„Was?", fragte Nilla.

Um Juns Augen kräuselten sich Lachfältchen. „Schlafen.

Morgen ist schließlich ein wichtiger Tag. Nun, da wir wissen, dass niemand anders hinter Mondlichts Verschwinden steckt, werden deine Eltern dich morgen den Dorfbewohnern offiziell als Prinzessin von Maolis vorstellen", sagte er zu Luna.

„Meine Eltern kommen her?" Lunas Augen leuchteten wie pures Gold. „Endlich Schluss mit unsichtbar", trällerte sie. „Ist das nicht wunderbar?" Sie drückte Mondlicht einen dicken Schmatz auf die Nase. Und Nilla auch.

# Neuigkeiten

„Nilla! Luna! Ihr glaubt nicht, was passiert ist!“ Tommo kam in die Hütte gestürmt. Als er sah, dass sie noch im Stroh lagen, kitzelte er Nilla am Fuß, der unter der Decke herausguckte, und strich Mondlicht über die Mähne. „Aufwachen, ihr Schlafmützen! Stellt euch vor: Heute in aller Frühe sind Reiter ins Dorf gekommen.“
Nilla und Luna blinzelten verschlafen, Mondlicht schnaubte.
„Was … los?“, nuschelte Luna.
„Irgendwas mit irgendwelchen Reitern“, gähnte Nilla.
„Nicht irgendwelche!“, rief Tommo triumphierend. „Es sind …“ Er machte eine Pause, um die Spannung zu steigern. „… der König und die Königin! Sie haben in der Schenke Quartier bezogen, um das Windfest mit uns zu feiern.“

Schlagartig sprang Luna auf. „Meine El–“ Sie verstummte. Auch Mondlicht hatte sich aufgerappelt. Kein anderes Pferd stand so schnell auf und legte sich so geschickt nieder wie sie. Jetzt wunderte Nilla sich nicht mehr darüber. Im Palast hatte sie vermutlich jede Nacht neben Luna gelegen.

Klimpernd kam Jun, der schon unterwegs gewesen war, durch den Muschelvorhang.

„Warum hast du uns nicht geweckt?“, murrte Nilla. „Jetzt haben wir die Hälfte verpasst.“

„Ach was!“ Jun winkte ab. „Na gut, ihr habt nicht dabei geholfen, das Dorf zu schmücken, aber ihr musstet schließlich viel Schlaf nachholen. Ihr wollt doch fürs Rennen gut ausgeruht sein. Und für alles, was der Tag sonst noch bringt, oder?“ Dabei sah er Luna an.

„Vielleicht ist die Unsichtbare Prinzessin ja auch dabei“, sprudelte Tommo weiter. „Keine Ahnung, hehe, ich hab sie nicht gesehen.“

Die Mädchen zwinkerten sich zu. Er würde es noch früh genug erfahren.

Auch Jun grinste. „Ich habe euch was mitgebracht“, meinte er und hielt ihnen zwei riesige Stücke Nusskuchen hin. Mondlicht schnupperte interessiert, aber Luna schnappte ihr den Kuchen schnell vor der neugierigen Nase weg und reichte ein Stück an Nilla weiter.

„Du klaust Süßigkeiten, Jun?“ Nilla gab sich Mühe, empört zu klingen.

„Zieht euch um und dann los zur Pferdewiese“, sagte Jun nur, ohne darauf einzugehen, doch seine Augen blitzten spitzbübisch.

Das ließen sich Nilla und Luna nicht zweimal sagen. Sie schickten Tommo vor zur Wiese und schlüpften schnell in ihre neuen Gewänder, die Soeve allen Teilnehmern am Vorabend in verschnürten Päckchen vors Haus gelegt hatte. Es waren enge, dreiviertellange Hosen und darüber weite Hemden aus dünnem, leichtem Stoff. Sie waren in den Farben des Windes gefärbt und hatten alle eine Brusttasche, in der als Glücksbringer eine winzige Feder ruhte.

Lunas Kostüm war von einem tiefen Nachthimmelblau, das einen tollen Kontrast zu ihren hellen Haaren bildete. Nillas dagegen leuchtete in einem wilden Türkis. Die Sachen passten wie angegossen und die beiden Mädchen drehten sich begeistert im Kreis, sodass die Oberteile flatterten.

Auf Lunas Päckchen hatte Jun noch einen Brief von ihren Eltern gesteckt und Luna wurde vor Freude ganz rot, als sie die Zeilen überflog. „Sie wollen bis nach dem Rennen damit warten, mich allen vorzustellen. Bis dahin soll es noch geheim bleiben“, erklärte sie, nachdem sie fertig gelesen hatte.
Sogar für die Pferde hatte Soeve etwas in die Päckchen gelegt: bunte Bänder für Windtänzer und Perlen für Mondlicht. Es war ein fester Bestandteil des Festes, die Pferde nicht nur zu putzen und zu verwöhnen, sondern auch feierlich zu schmücken. Schließlich war es nicht nur ein Tag für den Wind, sondern auch für die Pferde, galten sie doch als Töchter und Söhne des Windes, als Sturmpferde.
Mit den Bändern, Perlen und dem Kuchen in der Hand rannten Nilla und Luna zur Wiese. Vor allem Luna und Mondlicht staunten nicht schlecht. Zwischen den Häusern und den Bäumen waren überall die Girlanden gespannt, an denen die Kinder so lange gearbeitet hatten. Manche waren mit Muscheln und Federn bestückt, die im Wind flatterten und baumelten, andere mit Blumen und wieder andere mit Äpfeln und Möhren. Letztere hingen so niedrig, dass die Pferde

sich die Leckerbissen schnappen konnten, wenn sie sich streckten. Mondlicht ergatterte sogar einen Granatapfel.
Auf der Pferdewiese herrschte Aufregung – nicht nur, weil die meisten Dörfler und Pferde vor dem Rennen ziemlich kribbelig waren, sondern natürlich vor allem wegen des Königspaares. Die Nachricht von seiner Ankunft hatte sich wie ein Lauffeuer verbreitet. Dafür sorgte vor allem Tamina, die älteste Tochter der Wirtsleute, die überall herumposaunte, dass Königin Sinari und König Randolf sich nach der Reise gerade noch ein wenig in ihren Gemächern in der Schenke ausruhten. Eigentlich hatten sie schon am Vorabend kommen wollen, durch die starken Regenfälle war jedoch eine Furt kaum passierbar gewesen, berichtete sie, während sie ihr Pferd striegelte.
Eifrig machten sich auch Nilla, Luna und Tommo ans Werk. Tommo bürstete Ikarus kräftig, Luna bürstete Mondlicht sanft und Nilla bürstete Windtänzer fast gar nicht, weil er sich in einer Tour drehte und wendete. Danach wälzte er sich unter Nillas lautstarkem Protest im Gras und war so staubig wie zuvor. Sogar Mondlicht und Ikarus schüttelten den Kopf über ihn.
Mit geschickten Fingern flocht Luna Perlen in

Mondlichts Mähne, die auf ihrem blauschwarzen Fell wie Sterne am Himmel glitzerten. Als sie damit fertig war, half sie Tommo, Ikarus mit roten Bändern und gelben Ginsterblüten zu schmücken, sodass es aussah, als stünden seine fuchsrote Mähne und sein Schweif in Flammen.

„Soll ich dir auch helfen?“, fragte sie und sah Nilla an, doch noch ehe die etwas erwidern konnte, schüttelte Windtänzer schon den Kopf und sie mussten alle lachen.

„Er ist einfach zu aufgeregt vor dem Rennen“, meinte Nilla. Sie kraulte ihn an seiner Lieblingsstelle zwischen den Ohren und befestigte eine türkisgrün schillernde Feder, die sie tags zuvor am Strand gefunden hatte, in seiner Mähne. Das musste reichen. „Flieg wie der Wind, heißt das“, flüsterte sie ihm zu und da hielt er zum ersten Mal an diesem Tag still und rieb seine Nüstern an ihrer Hand.

Plötzlich wurde sie von hinten angerempelt. „He!“, rief sie und drehte sich um. Vor ihnen hatten sich York und Dexter aufgebaut. Der Schweif des großen Hengstes war so über und über mit Federn behängt, dass man meinen konnte, er würde jeden Moment abheben. York wollte wohl nichts dem Zufall überlassen.

„Na, da sind sie ja wieder vereint, euer Windpupser, Ika-Stuss und die kleine Mondwicht", meinte York. „Ihr seid echt selten dämlich. Treibt euch vor dem Rennen die halbe Nacht rum, damit die Pferde auch sicher nicht ausgeruht sind. Aber gegen uns habt ihr so oder so keine Chance mit euren mickrigen Pferdchen. Ihr braucht sie gar nicht so aufzubrezeln, ihr werdet sowieso nicht gewinnen. Obwohl – vielleicht kriegt ihr ja den Hauptpreis im Mähne-Flechten."

„Und ihr im Hochnäsig-Gucken", konterte Luna.

„Und im Hochnäsig-Kacken", fügte Nilla hinzu und sie klatschten ab.

Darauf fiel Dexter anscheinend nichts ein, also schwenkte er bloß arrogant den gefiederten Schweif.

York dagegen fiel schon etwas ein. Er warf Luna einen gemeinen Blick zu. „Dein Pferd kann dich wohl nicht besonders leiden, wenn es abhauen will."

Tommo schob sich vor Luna und verschränkte die Arme. „Macht den Abflug, York, das müsste mit all den Federn doch gut gehen."

„Genau", meinte Nilla. „Schön aufpassen, dass euch der Wind nicht davonweht. Schwups und weg."

Als die beiden endlich abzogen, legte Nilla Luna den

Arm um die Schultern. „Mondlicht ist bei dir geblieben, weil sie dich so sehr liebt. Gegen den Ruf ihrer Herde und ihrer Heimat. So ist das und nicht anders."

Luna schluckte und nickte. „Dem werden wir's zeigen."

„Aber hallo!", sagte Nilla.

# Das große Rennen

Als Nilla, Luna und Tommo an den Strand kamen, saß das Königspaar mit den Kronreiterinnen bereits unter einem großen Baldachin.
Der Wind, der an diesem Tag vom Land her kam, stürzte sich mit Karacho die Klippen hinab auf die bunten Zelte und mitten ins Getümmel, ließ besagten Baldachin fröhlich flattern, flauschte den Pferden durch die Mähne und bauschte die Gewänder der Menschen. Die hellblauen Umhänge von Königin Sinari und König Randolf, die Nilla an den Sommerhimmel und an Lunas Kleid erinnerten, schienen es ihm besonders angetan zu haben. Er zerrte so unnachgiebig daran, bis die beiden sie lachend ablegten, ehe sie fortfuhren, ihre Untertanen zu begrüßen, die einzeln hoch zu Ross vorüberritten und den Kopf vor ihnen neigten.

Auch Nilla, Luna und Tommo machten ihnen ihre Aufwartung: Tommo ehrfürchtig, Nilla mit einem verschwörerischen Lächeln, weil sie etwas wusste, was sonst keiner wusste, und Luna strahlte einfach nur.
Dann begutachteten sie die Rennstrecke, die sich bis ans andere Ende der Bucht zog. Dort wurde an einer frei stehenden Felsnadel, Möwenschnabel genannt, gewendet, ehe es denselben Weg wieder zurückging. Eine Reihe aus weißen Muscheln stellte zugleich die Start- wie auch die Ziellinie dar.
Die Strecke war anspruchsvoll. Zum einen war sie sehr lang und zum anderen galt es, mehrere Hindernisse zu überwinden, die es in sich hatten. So hatten Kaitlin und ihre Helfer zwei Pferdelängen hinter einer Reihe niedriger Felsen, die quer zum Strand verlief, eine weitere Reihe mit großen Steinen angelegt. Die Reiter und Reiterinnen hatten nun also zwei Sprünge kurz hintereinander zu bewältigen. Nilla hielt das für die Schlüsselstelle, denn um die Felsen herum war der Sand tief, sodass die Hufe einsanken, was die Pferde stark ausbremste und das neuerliche Abspringen erschwerte.
Ziemlich zu Beginn des Parcours gab es eine Art Zaun aus silbergrauem Treibholz, über den die Pferde

hinwegsetzen mussten, und am hinteren Ende hatten die Helfer einen breiten Graben im Sand ausgehoben, der voll Wasser gelaufen war.

Als Nilla gerade Ausschau nach Jun halten wollte, machte dieser mit einem Tuten des Muschelhorns auf sich aufmerksam, das heute ausnahmsweise nicht als Alarmsignal diente. Sämtliche Köpfe fuhren herum und wandten sich Jun zu, der auf einem Felsbrocken stand, damit ihn alle gut sehen und hören konnten.

„Einwohner von Meakamea", rief er. „Endlich ist es so weit: Mit dem großen Rennen eröffnen wir unser Fest zu Ehren des Windes. Es ist uns eine besondere Ehre, dieses Jahr Königin Sinari und König Randolf begrüßen zu dürfen." Er machte eine Pause, als Hochrufe laut wurden. „Die Regeln des Wettrennens sind allgemein bekannt", fuhr er dann fort. „In der ersten Runde treten in fünfzehn Vorläufen immer zehn Reiter gegeneinander an. Jeweils die zwei schnellsten kommen in die Runde der letzten dreißig und jeweils die drei besten dieser drei Läufe wiederum ins Finale." Dann nannte er die Namen der ersten zehn, und als sie Aufstellung genommen hatten, rief er: „Möge das Fest beginnen und die Besten gewinnen!", und gab das Startsignal.

Eine Zehnergruppe nach der anderen startete. Manche Reiter hatten Grund zum Jubeln, anderen merkte man die Enttäuschung an, wenn sie ausschieden. Runde um Runde und Stunde um Stunde ging das Turnier – nicht umsonst nannte man es das *große* Rennen.

Bis Nilla als eine der Letzten im Vorlauf an die Reihe kam, war sie schon ganz heiser vom vielen Anfeuern. Tommo und Luna waren eine Runde weitergekommen, Elanor und Kaitlin ebenfalls und sogar Simo hatte es geschafft.

In der ersten Runde trat Nilla gegen lauter Erwachsene an und machte problemlos den ersten Platz, ohne das Letzte aus Windtänzer und sich herauszuholen. In der zweiten Runde mussten sie sich schon mehr ins Zeug legen, aber das Training am Windtor zahlte sich aus und sie ging als Zweite über die Ziellinie.

Tommo und Ikarus hingegen waren in der Runde der letzten dreißig knapp ausgeschieden. Sie hatten aber auch Pech gehabt, denn am hinteren Ende der Strecke, wo es um die Felsnadel herumging, war ihnen ein anderer Reiter, der falsch herum geritten war, in die Quere gekommen. Ikarus' Fell hatte vor Zorn feuerrot geflammt und Tommo hatte sich auch unheimlich aufgeregt und sich erst nach einem Bad im kalten Meerwasser wieder eingekriegt. Dass York mit einem hämischen Lachen „Wie ärgerlich aber auch!“ gesagt hatte, war alles andere als hilfreich.

„Hauptsache, York macht es nicht“, murmelte Tommo düster. „Stellt euch das mal vor, wenn wir uns bis zum nächsten Sommer sein selbstgefälliges Grinsen und Dexters arrogantes Gehabe ansehen müssten.“

Nilla verdrehte die Augen. „Das wäre echt nicht zu ertragen.“

„Dann müssen wir ihn wohl aufhalten“, meinte Luna.

In diesem Moment rief das Muschelhorn zum Finale.

„Ich verlass mich auf euch!“, sagte Tommo und hob beide Hände mit gedrückten Daumen, für jede einen.

Nilla und Luna sahen sich an. „Versprochen!“, sagten sie wie aus einem Munde.

Zusammen mit den anderen nahmen sie Aufstellung. Windtänzer scharrte vorfreudig mit den Hufen. Er konnte es kaum erwarten loszulegen. Mondlicht tänzelte aufgeregt, bis Windtänzer ihr beruhigend zuschnaubte und sie anstupste, als wolle er ihr Glück wünschen.

Luna tastete nach Nillas Hand und drückte sie. „Für Tommo“, flüsterte sie.

„Für Tommo“, antwortete Nilla und drückte zurück. Noch einmal beugte sie sich auf Windtänzers Rücken vor und schlang die Arme um ihn, dann setzte sie sich hastig wieder auf. Ihr Herz pochte so laut, dass sie Angst hatte, Juns Ruf zu überhören.

Jun, der direkt neben der Startlinie stand, schien ihre Nervosität zu spüren, denn er nickte Nilla kaum merklich zu. *Viel Glück*, hieß das. „Bereit?“, fragte er dann, und als alle bejahten, rief er: „Uuuuuund LOS!“

Die Pferde stürmten los, dass der Sand unter ihren Hufen nur so spritzte. Wie ein Pfeil schoss Tibor, der Töpfer, über den Strand, dann überholte Fatia ihn und setzte sich mit ihrer großen braunen Stute Zuckerschnute an die Spitze, dicht gefolgt von York, der den Start besser erwischt hatte als Nilla und Luna, die sich direkt hinter ihm einsortierten.

Jetzt hieß es erst einmal Tempo aufnehmen. Schon vor dem ersten Hindernis zog sich das Teilnehmerfeld in die Länge. Hintereinander setzten erst Fatia und Tibor, dann York, Nilla und Luna über den Treibholzzaun hinweg, während der Rest noch auf sich warten ließ. Die Dörfler jubelten und klatschten, doch Nilla bekam von alldem kaum etwas mit, so hoch konzentriert war sie. Es war einfach das schönste Gefühl der Welt, wenn Windtänzer im gestreckten Galopp lang und flach wurde und sie die Wildheit und Kraft spürte, die in ihm steckte. Nun tauchten die Steinreihen vor ihnen auf und die Pferde nahmen ein wenig Tempo heraus, um sie zu überspringen. Noch immer führte Fatia, doch sie waren ihr und Tibor näher gekommen und auf Höhe des Wassergrabens gelang es York, Nilla und Luna, den Zweitplatzierten zu überflügeln.

Die Hälfte der Strecke war fast geschafft. Windtänzer, Mondlicht und auch Dexter waren wendiger und nahmen die Schlaufe um den Möwenschnabel deutlich enger als Fatias Zuckerschnute, die einen weiten Bogen machte und auf den vierten Platz zurückfiel. Als Erster ging York aus der Kurve, doch Luna und Nilla holten auf. Immer dichter waren sie ihm auf den Fersen, bis sie am Wassergraben alle gleichauf waren. Egal, wie York seinen Hengst antrieb und ihm mit den Fersen in die Flanken stieß, es gelang ihm nicht, sich abzusetzen – ebenso wenig wie Nilla und Luna. Es war ein Kopf-an-Kopf-Rennen. Lange Zeit liefen sie fast nebeneinander, mal lag Dexter um Armeslänge vorne, dann wieder Windtänzer oder Mondlicht.

Plötzlich nahm Nilla aus den Augenwinkeln eine schnelle Bewegung wahr. York zog etwas aus seiner Brusttasche. Es war ein Tuch, ein langes blaues Flattertuch, wie Nilla es immer trug, um ihre Locken zu bändigen. Was hatte er damit vor?, fragte sie sich. Windtänzer hatte es ebenfalls bemerkt und wandte leicht den Kopf.
Dann ließ York das Tuch los und Nilla wurde klar, was er im Schilde führte. Und warum er sie damals nach ihrem Wettrennen mit dem Tuch am Strand nicht verpetzt hatte.
Denn als der Wind den Stoff packte und wirbelnd und sich überschlagend zum Wasser forttrug, wieherte Windtänzer, verspielt, wie er war, begeistert auf. Endlich wieder ein Rennen gegen den Wind! Unvermittelt brach er aus der Dreierreihe aus und zog zum Meer hin.
Nillas Gedanken rasten. Sie gab alles, um ihren Hengst wieder auf Kurs zu bringen. „Nicht, Windtänzer!", schrie sie. „Da vorne ist doch das Ziel. Das Tuch interessiert uns nicht!"
Schon flatterte der blaue Schal aufs Wasser hinaus und Windtänzer wollte hinterher, doch in diesem Moment scherte auch Mondlicht aus. Die Stute drängte Windtänzer ab, drängte ihn zurück auf die Rennstrecke

und preschte unter Lunas Führung direkt in die auslaufenden Wellen. Luna beugte sich auf Mondlichts Rücken weit vor, machte sich lang und länger – schnappte das Tuch und ließ es unter ihrem Gewand verschwinden.
So schnell die beiden konnten, ritten sie wieder aus dem knöcheltiefen Wasser heraus, aber es hatte ihre Geschwindigkeit stark abgebremst und der kleine Umweg hatte sie wertvolle Zeit gekostet. Sie waren hoffnungslos abgeschlagen.
„Gib alles, Nilla!", schrie Luna Nilla zu, die sich auf Windtänzers Rücken zu ihr umgedreht hatte. „Los, macht schon!"
Nilla wandte den Blick wieder nach vorne und lenkte Windtänzer zurück zur Rennstrecke. Das Tuch war fort, die Ablenkung weg, er war wieder konzentriert. Mit einem ganz miesen Trick hatte York sie aus dem Rennen werfen wollen und es auch fast geschafft. Stattdessen war nun Luna zurückgefallen. Dabei hätte sie gewinnen können. Es war so ungerecht!
Heiß brannte die Wut in Nillas Bauch. Und diese Wut und das Gefühl, dass sie und Luna zusammen alles schaffen konnten – sogar das Windtor bezwingen und

der Himmelsbrücke widerstehen –, verlieh ihr neue Kraft. Sie heftete ihren Blick fest auf Yorks Rücken.
„Damit darf er nicht durchkommen!“, schrie sie Windtänzer zu. „Den holen wir uns!“
Der sah das offenbar genauso, denn er preschte los wie verrückt.
Zwei Pferdelängen lagen sie hinter Dexter zurück.
Es war nicht viel, doch der riesige Hengst flog nur so dahin. Schon hielten sie auf die doppelte Steinreihe zu. Dexter verringerte minimal das Tempo, um den perfekten Absprung zu finden und sicher zwischen den beiden Reihen landen zu können. Auch Nilla wollte ein wenig Geschwindigkeit herausnehmen. Windtänzer raste jedoch ungebremst darauf zu. Schneller als je zuvor.
„Windtänzer“, japste Nilla, „nur ein *bisschen* langsamer!“
Doch entweder hörte er sie nicht oder er wollte sie nicht hören.
Plötzlich waren die Felsen da und Windtänzer sprang.
Nilla legte sich nach vorne, ging seine Bewegung mit und dann … dann hoben sie ab. Weit und immer weiter segelten sie über die erste Hürde hinweg.
Neben ihnen tauchte wie ein Schatten Dexter auf, um im nächsten Moment nach unten aus ihrem Sichtfeld

zu verschwinden und zwischenzulanden. Dann waren sie an ihm vorbei und auch über die zweite Reihe hinweg. Es war wie Fliegen! Wie aus weiter Ferne drangen Jubelschreie und Applaus zu ihnen, dann setzten Windtänzers Hufe im Sand auf und weiter ging die atemlose Jagd. Unfassbar! Er hatte das

Doppelhindernis ohne Zwischenlandung genommen! Nilla juchzte und er wieherte fröhlich.
Sie spürte, wie seine Muskeln arbeiteten, spürte seine Hitze, hörte nicht einmal mehr das Trommeln der Hufe, sondern nur noch das Pochen ihres Herzens und das Rauschen des Windes in ihren Ohren. Es kam ihr wirklich vor, als würden sie fliegen.
Weiter ging es über den Zaun. Hinter sich vernahmen sie Dexters Schnauben und Keuchen. Es kam näher.
„Lauf, Windtänzer, lauf wie der Wind!“, feuerte Nilla ihren Hengst an. „Gleich sind wir da!“
Windtänzer mobilisierte noch einmal all seine Reserven, doch das Rennen war lang und der Flug über die Steine hatte ihn viel Kraft gekostet. Mit jedem Schritt schmolz der Abstand und schon waren ihre Verfolger fast neben ihnen. Da rauschte eine Windböe heran, erfasste Windtänzer und Nilla, gab ihnen einen kräftigen Schub und dann waren sie über der Ziellinie.
Als Erste!
Nilla stieß einen Jubelschrei aus, warf sich nach vorne und schmiegte sich an Windtänzer. „Wir haben es geschafft!“, flüsterte sie ihm zu. „Wir haben es wirklich geschafft!“

Nilla konnte nicht zählen, wie viele Umarmungen und Glückwünsche sie und Windtänzer entgegengenommen hatten. Elanor wollte sie gar nicht mehr loslassen und Tommo hatte sich riesig mit ihr gefreut.
„Versprochen ist eben versprochen und wird auch nicht gebrochen“, sagte Nilla zu ihm und grinste. Und zu Luna sagte sie einfach nur „Danke!“ und fiel ihr und Mondlicht um den Hals.
Jun hatte sich über die Augen gewischt und so getan, als wäre ihm Sand hineingekommen. Ein ums andere Mal hatte er ihr durch die Locken gewuschelt und „Meine Windstochter!“ gesagt.
Die eigentliche Siegerehrung fand am Abend statt. Jetzt wurde erst einmal geschlemmt, was das Zeug hielt, und alle machten sich zum Dorfplatz auf, der eine einzige lange Tafel war. Die Dörfler hatten ihre Tische und Stühle herausgetragen und aneinandergestellt und die Tafel mit weißen Tüchern gedeckt, die im Wind flatterten, jedoch von Bechern und Tellern gut festgehalten wurden. Unter der Platane war ein Büfett aufgebaut, auf dem sich Kuchen, Waffeln, Kekse, frisches Brot und Früchte türmten, und es brannten unzählige Feuer, über denen an langen Spießen Fleisch

und Fisch brieten. Für die Pferde standen überall große Tröge mit Wasser, Hafer und Heu und zur Feier des Tages gab es auch Granatäpfel für sie.
Natürlich wurden dem Wind an seinem Ehrentag besonders reiche Gaben dargebracht. Neben den üblichen Schüsseln voller Blüten und Mehl wurde auch von jeder Mahlzeit eine kleine Portion für ihn abgezweigt und er wirbelte gut gelaunt über alles hinweg.
Das meiste kannte Nilla schon von den anderen Windfesten, die sie miterlebt hatte, aber diesmal war alles besonders festlich. Luna, für die alles neu war, konnte sich gar nicht daran sattsehen und rief: „Wunderschön!" Und das sagte sie an diesem Tag noch öfter, zum Beispiel, als abends die bunten Lampions angezündet wurden, während der Mond sein Silberlicht über alles goss, oder als unter der Platane die Menschen und sogar so manches Pferd tanzten und oben in den Zweigen die Glühwürmchen.
Den Höhepunkt des Abends bildete jedoch wie immer die Siegerehrung. Alle, die es bis in die letzte Runde geschafft hatten, erhielten von Meister Jun einen Blütenkranz und die Pferde bekamen einen mit Möhren und Äpfeln umgehängt. Als Jun jedoch zu York kam,

zupfte seine Apfelschimmelstute Wolke Luna das blaue Tuch aus der Tasche und brachte es ihm. Dabei guckte sie den großen Jungen und das große Pferd an wie eine Gewitterwolke.

„Ach, stimmt ja“, meinte Jun. Mit einem Ruck riss er das Tuch entzwei und band es den beiden statt eines Kranzes um den Hals. „Ihr habt da was verloren“, sagte er, „und wagt es ja nicht, es auszuziehen.“

Weil York nicht wusste, ob Jun scherzte oder nicht, liefen er und Dexter wohl oder übel damit herum und waren bald darauf vom Fest verschwunden.

Zuletzt überreichte Jun Nilla und Windtänzer ihre Kränze, die besonders schön und bunt waren. Nillas Herz klopfte vor Stolz, doch dann nahm sie ihren Kranz ab und hängte ihn zum Dank Mondlicht um.

Diese Gelegenheit nutzten Königin Sinari und König Randolf, um den Bewohnern von Meakamea als Ersten auf ganz Maolis ihre Tochter zu präsentieren, und die Dorfbewohner ließen die Prinzessin hochleben und jubelten und klatschten, bis ihnen die Hände brannten.

Tommo zerquetschte vor lauter Schreck das Honigröllchen in seiner Hand und starrte Luna so lange

mit offenem Mund an, dass ihm die klebrige Flüssigkeit über die Unterarme lief.
Die Königin legte Luna einen Arm um die Schulter. „Wir freuen uns jedenfalls schon darauf, unsere Tochter und ihre neuen Freunde bald im Palast zu begrüßen“, schloss sie ihre Rede.
„Au ja!“, rief Luna und zwinkerte Nilla zu – und die stieß Tommo erst so fest mit dem Ellbogen in die Rippen, dass er japste, und dann vollführte sie ein Freudentänzchen mit Windtänzer.

Bis spät in die Nacht wurde geschlemmt, gesungen und getanzt und auch der Wind schien sehr zufrieden mit seinem Fest und feierte kräftig mit. Er spielte mit den Lampions, schubste und stupste sie, bis sie schaukelten, verwirbelte die Funken der Feuer in Spiralen zum Nachthimmel hinauf, und als die Dörfler zum Abschluss der Feierlichkeiten Himmelslaternen steigen ließen, ließ er sie über dem Dorfplatz einen Reigen tanzen, ehe er sie mit sich fortnahm.
„Sieh nur, der Wind hat gedreht“, sagte Nilla, die mit Luna, Windtänzer und Mondlicht ein wenig abseits stand. „Jetzt kommt er vom Meer her.“

Luna nickte nachdenklich. „Vielleicht trägt er die Himmelslaternen ja zur anderen Inselhälfte hinüber, um die dunkle Seite zu erhellen“, meinte sie und schmiegte sich an Mondlicht.
Lange sahen die vier den hellen Punkten am Himmel nach, die immer kleiner und kleiner wurden, und fragten sich, wie es den Pferden dort drüben wohl ergehen mochte …

# Insel der Sturmpferde

Nilla, Luna und ihre Seelenpferde Windtänzer und Mondlicht –
diese Freundschaft aus Wind und Magie kann
so schnell nichts zerstören.
Doch ist der Ruf der Verlorenen Herde für immer
verstummt? Und können sie das
Geheimnis der Himmelsbrücke lüften?
Eins steht jedenfalls fest:
Ihr großes Abenteuer hat gerade erst begonnen!

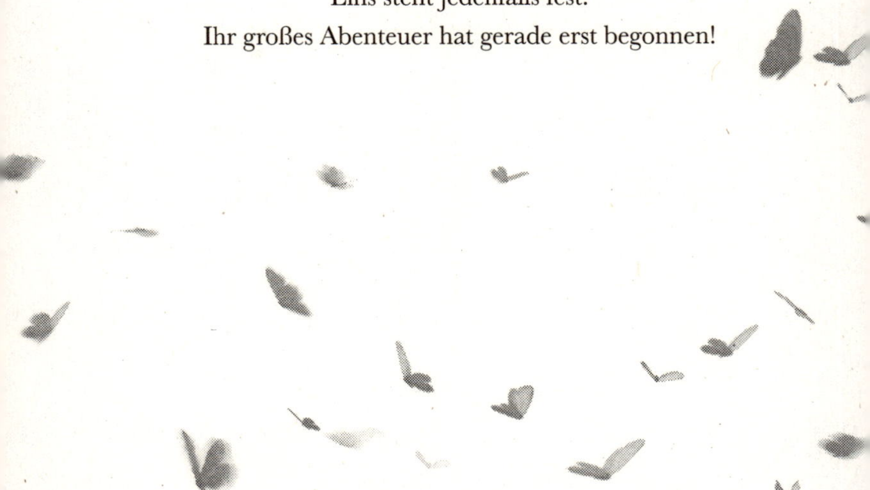

So geht es im zweiten Band weiter:

Vor ihrer Reise in die Hauptstadt sind Nilla und Windtänzer richtig aufgeregt. Schließlich sind sie nicht nur in den Windpalast, das Zuhause von Luna und Mondlicht, eingeladen, sondern die Freundinnen müssen sich auch auf die Prüfung der Wildnis vorbereiten. Jedes Kind in ihrem Alter muss sie zusammen mit seinem Seelenpferd bestehen. Dafür übernachten sie im unheimlichen Nebelwald. Das Vertrauen zwischen Reiterin und Pferd spielt hier eine ganz besondere Rolle. Doch schnell wird den Freundinnen klar … im Nebelwald schleicht noch jemand herum. Ist es das sagenumwobene Nebelpferd?

*Das zweite magische Abenteuer auf der*

INSEL der STURMPFERDE

# EIN FABELHAFT-FANTASTISCHES ABENTEUER!

Stefan Gemmel
**MARVIN: DAS BUCH AUS FEUER UND FREUNDSCHAFT**
Hardcover
304 Seiten
ISBN 978-3-551-65264-5
Auch als E-Book erhältlich

**MARVIN IST ALLES ANDERE ALS EIN TYPISCHES EINHORN.** Und Ella alles andere als eine typische Elfe. Mit Glitzerstaub und Feenpulver können die zwei nur wenig anfangen. Doch dann gerät ihre Welt in Gefahr, denn der gemeine Obergroller will die Macht an sich reißen. Aber da hat er die Rechnung ohne Marvin, Ella und den mutigen Jungen Freck gemacht! Zusammen mit dem kleinen Schwirrkopf Mupf setzen sie alles daran, den Bösewicht aufzuhalten ...

Außerdem von Eva Hierteis im Carlsen Verlag erschienen:

*Insel der Sturmpferde – Ein Abenteuer aus Nebel und Wildnis (Band 2)*

Die Tierärztin Dr. Ulrike Clausen hat dieses Buch fachlich begleitet.
Dafür danken wir ihr sehr.

**Wir produzieren nachhaltig**

- Klimaneutrales Produkt
- Papiere aus nachhaltigen und kontrollierten Quellen
- Hergestellt in Europa

FSC www.fsc.org MIX Papier | Fördert gute Waldnutzung FSC® C021394



Veröffentlicht in der Carlsen Verlag GmbH
Völckersstraße 14-20, 22765 Hamburg
April 2024

Umschlag- und Innenillustrationen: Bente Schlick
Umschlaggestaltung: formlabor
ISBN 978-3-551-32196-1

Carlsen-Newsletter: Tolle Lesetipps kostenlos per E-Mail!
Unsere Bücher gibt es überall im Buchhandel und auf carlsen.de.